하염없이 하염없는

시인의일요일시집 **023**

하염없이 하염없는

초판 1쇄 펴냄 2023년 12월 24일
초판 2쇄 펴냄 2024년 12월 24일

지 은 이 강연호
펴 낸 이 김경희
펴 낸 곳 시인의일요일

표지·본문디자인 노블애드
경영지원 양정열

출판등록 제2021-000085호
주　　소 경기도 용인시 기흥구 연원로42번길 2
전　　화 031-890-2004
팩　　스 031-890-2005
전자우편 sundaypoet@naver.com
블 로 그 https:/ / blog.naver.com/ sundaypoet

ISBN 979-11-92732-14-5 (03810)

값 12,000원

하염없이 하염없는

강연호 시집

| 시인의 말 |

저녁은 늘 한숨같이 와서
결국 달래지 못할 것을 달래려 하고 있다
하염없이 하염없는 날들이 흘러간다

돌이킬 수 없어서 다행이다

차 례

1부

2부

3부

4부

1부

연밥을 입에 물어 마음을 달래다

혼자 밥 먹는 사람은

혼자 밥 먹는 사람은 외로워서 강해 보인다

기억의 부력은 놀라워서 언제든 기어이 떠오른다
너무 오랜 낮잠으로 불어터진 얼굴을 짓이기며
스쿠터가 슬리퍼를 끌 듯 지나간 게 전부인 오후다

세계가 고요하면 긴장해야 한다

목련의 실핏줄이 아프게 터지는 계절인데
꽃말처럼 흩어지는 신파를 거두며
찻물이 끓는 동안 입술이 식혀야 할 이름이 있다

혼자 노래하는 사람은 쓸쓸해서 강해 보인다

포옹

껴안는다는 것은
껴안긴다는 것

선후가 없고
피아가 없고
주종이 없고
인과가 없고
좌우가 없고
시말이 없어
단순하다

선후를 가리고
피아를 나누고
주종을 정하고
인과를 논하고
좌우를 가르고
시말을 따지면
복잡해서

껴안을 수 없고
껴안길 수 없다

언제쯤 단순해질까

물고기 발자국

백제 미륵사지는 지금 복원 중이어서
당간지주는 심심하다
연못의 소금쟁이들이
제 발자국 위에 또 발자국을 찍고 있다
56억 7천만 년쯤 그래 왔을 것이다

미륵님이 세상에 온다던
약속은 바람에 날리고 믿음은 세월에 무뎌져
동탑은 진즉 사라지고
서탑 역시 기운 지 오래다
반쯤 무너진 기둥이나 몸돌은
인근의 백성들이 가져다 섬돌로 썼단다

아예 와불처럼 편안히 눕고 싶었는데
무너지다 만 탑신을 해체하여 다시 세운단다
복원이란 말하자면
섬돌에 가지런히 놓였던 신발 문수를 재는 일
그 신발이 찍은 발자국을 쫓는 일

같은 것이어서 영원히 복원 중이리라
소금쟁이들이 낄낄거리며 잰걸음을 옮긴다

석탑이 다시 서는 날
와불이 다시 일어서는 날
온다던 사람은 정말 올까
당간지주의 없는 깃발이 팽팽하게 묻는다
오기는 와서 56억 7천만 년쯤
소금쟁이들이 연못에 찍어 놓은 발자국을 기억할까

수면으로 물방울이 포르르 솟아올랐다가
사라진다 물고기 발자국이다

자필 이력서 쓰는 밤

빈칸을 채우는 일이 길고 고되다
심문받는 자의 자술서 같다
취조실 조서의 시각으로 보면
그는 생년월일 외에는 아무것도 확실하지 않다
아무것도 확실하지 않아야 할 것 같다
알리바이는 원래 끝이 없으므로 생년월일조차 의심스럽다
동사무소 접수대에 고무줄로 묶여 있는 볼펜의 종말이
문득 궁금하다 그 볼펜으로 출생신고와 전입신고를 하면
세상에 묶이고 동네에 묶이고
반상회에 묶이고 관리실에 묶이고
누가 쓰는지 알 수 없는 불우이웃돕기 성금에 묶여야 한다
아등바등한 학력은 겨우 누구에게 읽히려 했을까
등 푸른 시절은 언제였을까
멀리서 라디오 주파수 같은 잡음 속으로 낮은 구름들이 몰려
간다
그는 삶을 구겨 던진다, 그러고 싶다
다시 갈기갈기 찢어발긴다, 왜 안 그러고 싶겠는가
하지만 결국은 휴지통을 뒤져 찢긴 조각들을 찾아내 맞춰 붙

여야 하고

다리미로 쓱쓱 문질러 펴야 하는 게 필생의 이력이란 걸
그도 알고 저도 알고 다들 안다
이봐, 진짜 불우한 건 나야
불우란 때를 못 만났다는 뜻일 뿐이야
연민이 스스로를 향하면 마땅히 빌어먹을 일이다
생각을 줄여야 한다는 생각이 늘 앞서 간다
상기 기재사항은 사실과 다름없다
다름없다, 는 자필 서명의 섬세한 다름
비슷한 것은 가짜다*

* 비슷한 것은 가짜다(求似者非眞也) : 연암 박지원

당신의 문체

아무도 귀 기울이지 않는 얘기에 귀를 기울이던 당신
당신에 대한 기억은 귀로 시작되더군
당신은 서술어를 잠시 머뭇거리는 버릇이 있고
당신은 부정인지 긍정인지 모를 표정을 자주 짓고
그럴 때 세상은 비스듬히 깊어지는 것이어서
나는 내 속내를 털어놓는 줄도 모르고 다 털어놓아야 했지
누군가를 그리워하기 시작했다는 것은
인생의 가장 먼 길을 가기로 작정했다는 것이지요
이쯤 해서는 내 입술이 당신의 귀에 살짝 닿기도 했을라나
인생은 미완성이라고 누가 한 말은 탄식일까요 비명일까요
완성이었다면 더 살고 싶은 마음이 도대체 생겼겠어요?
유행가 가사에 인생을 실어 나르기 시작하면서
이윽고 줄줄 나를 흘리는 나를 발견하는 순간의 부끄러움을
스스로 못 이겨 조금씩 말이 늘어지고 서술어를 잠시
머뭇거린 것인데, 아 이건 당신의 버릇인데
당신의 버릇조차 닮아 가는 나를 들켜 얼굴이 벌게질 때
당신은 부정인지 긍정인지 모를 그 표정은 어딘가 참 익숙하다며

누군가와 많이 닮았다며 쫑긋 귀 기울여
아무도 귀 기울이지 않는 얘기에 더 바싹 다가앉은 것인데
말하자면 내가 기어이 가장 먼 길을 가기로 작정하게 만든 것인데
참 오래고 오래된 얘기인데 당신의 귀는
참 오래고 오래된 얘기인데 당신의 문체는

싱크홀 1

너에게 소곤거릴 얘기가 있다
저녁은 늘 땅이 꺼지듯 와서

세상에 멀쩡한 땅이 꺼지다니
땅이 꺼진다는 것은
과장 형용으로나 존재하는 것이어서
땅이 꺼지는 한숨, 에나 쓰는 말
그러니까 벼락을 맞아 본 적도 없으면서
벼락 맞은 기분이었다고 하는 말 같은 말

그렇다면 저녁은 늘 한숨같이 와서
결국 달래지 못할 것을 달래려 하고 있다
내가 손을 내밀 때마다
나 잡아 봐라, 늘 닿기 직전까지만 물러나며
너는 생각이 너무 깊다

문제의 본질은 물론 너에게 있지 않고
다들 너를 멀쩡하다고 여긴다는 데 있다

내가 눈사람처럼 녹는 동안 너는 뭘 했니?
도대체 뭘 했니? 라고 물어보지 않는다는 데 있다
멀쩡하다는 것은 얼마나 위태로운 멀쩡함인가

회사를 다니고 카페와 술집을 출입하고
자동차와 지하철을 타고
맛집과 영화관을 찾고
신호등 아래 서 있다가
횡단보도를 건너다가
밥을 먹다가

문득 땅이 꺼지는 저녁이 와서
없는 너에게 소곤거릴 얘기가 있다

연밥을 입에 물어 마음을 달래다

감은사지 석탑을 보러 갔다가
연꽃 만발한 백련지를 만났습니다
다 늦은 여름 저녁나절의 햇살은 견딜 만했고
연잎이 펼쳐 놓은 그늘 아래 부레옥잠도 한가했습니다
설마른 연실 속에 들어 있는 연밥은 열여섯 알
어떤 것은 스물네 알
채 익지 않은 밥알들은 수줍은 듯 아직 비렸습니다
겨우 두 알을 받아 고봉밥으로 여겨 달게 먹었지요
바람이 어디서 불었나요 일제히 치마폭을 날려
연잎마다 또르르 궁굴리는 물방울은 언제 맺혔던 물방울이었나요
채련을 노래한 옛 시인들의 심사가 문득 궁금해졌답니다
단아하게 여민 꽃봉오리들이 그대의 오므린 손다짐 같아
한 손가락을 펴고 또 한 손가락을 펴서 가지런히 손바닥을 마주대거나
마지막으로 편 새끼손가락에는 내 새끼손가락을 걸고도 싶었지만
저 백련지 가득한 기억쯤이야 피었다가 지고 피었다가 지고 피

었다가 지면서
마침내는 영영 지고 말 것을 익히 알고 있었답니다
이윽고 날은 기울어 오늘밤 노숙을 걱정해야 하는 오누이처럼
감은사지 동탑과 서탑은 그만큼만 떨어져 어두웠습니다
혹은 집 나간 자식들 기다려 대놓고 노상 싸우는
싸우고 돌아앉아 오래 침묵하며 곁눈질로 서로 늙어 가는 것을 지켜 주는
텅 빈 슬하의 어버이 같기도 했습니다
참 익숙했지요, 묵묵히 밥상을 물리고 이부자리를 펼쳐 여름이 가듯
연밥을 입에 물어 겨우 달래야 할 마음만
감은사 옛 절터마냥 가뭇가뭇 저물었답니다

수제비 뜨는 저녁

살 만큼 살아 보니 좀 알겠다는 말보다
주절주절한 변명이 있으랴
대체로는 무엇을 알겠다는 건지 얼버무리는 거다
애초에 목적어가 있기는 했나

오늘의 허기를 달래려 수제비 뜨는 저녁인데
이 반죽에서 무슨 세월을 떠낼 수 있을까
어떤 요리 장인의 수제비도 같은 모양은 없고
뭉개고 치대고 찢고 떼고 뜯어내는 게 다는 아니라지만
결국 모든 수제비는 둥글고 펑퍼짐하게 떠오른다

이 형상은 모호하고 그저 덩어리로 있다
가령 미술관의 인상파 그림 앞에서 오래 머무는 사람은
아무것도 모르는 사람이다
아무것도 모르는 게 없는 사람이다
고개를 갸우뚱할수록 뭔가 깊이 아는 사람이다
니가 뭘 안다고 나서, 나서길!
수제비 앞에서도 마찬가지다

나는 청천벽력의 세상을 요령껏 건너 왔다
나는 용맹정진의 도전을 재주껏 피해 왔다
허깨비가 나를 보면 그저 웃지요 할라나 울지요 할라나
허깨비에게 물어볼 생각은 없다 사실은 두렵다
긴 한숨부터 내쉴까 봐 먼저 설레발을 칠 뿐이다
그러면 좀 있어 보인다 이번에는 주어가 없다

살 만큼 살아 보니 수제비 뜨는 저녁이다
수제비는 주걱으로도 젓가락으로도 손으로도 뜨지만
그래봤자 뭉개고 치대고 찢고 떼고 뜯어내는 게 다라서
눈물이 아니라 수제비 얘기다
수제비를 뜨다 말고 저녁이 우두커니 깊어진다 해도

수제비는 고개를 수그리고 수제비는 두 손을 모으고
수제비는 한껏 둥글게 몸을 말아야 수제비라는 것을
아무리 뜨거워도 국물과 함께 훌훌 감추듯 삼켜야 한다는 것을
어디까지나 눈물이 아니라 수제비 얘기다

후드득 흐드득

비가 오고 목련이 진다
후드득 흐드득
다음 중 어떤 소리로 비는 오고 목련은 질까
후드득 흐드득 후드둑 흐드둑
4지선다형의 맞춤법 문제처럼 골똘하게
비가 오고 목련이 신다

후드득 흐드득 후드둑 흐드둑 후두득
비가 오고 목련이 지는데
후드득 흐드득 후드둑 흐드둑 후두득 흐두득
5지선다형도 6지선다형도 문제없다
제각기 다른 소리로 비는 오고 목련은 지는 것이지
맞춤법이 어디 있나 정답이 어디 있나
저마다 다른 속내로 봄은 오고 봄은 가는 것이지

알쏭달쏭한 우리말겨루기처럼
정답도 없이 맞춤법도 없이
후드득 후드둑 후두득 후두둑

흐드득 흐드둑 흐두득 흐두둑
비가 오고 목련이 진다
날이 저물면 봄이랬자 발목이 더 시리고
밤이 깊으면 젖은 속내는 더 젖을 거라며
제 연민으로 제 밑동을 두툼하게 덮어도 주며

비가 오고 목련이 진다
비가 오는 소리는 받아 적을 수 없는 소리이고
목련이 지는 속내는 가늠할 수 없는 속내라서
도무지 갸우뚱한 봄밤이 깊다

숨은 신

아이들이 축구공을 따라 몰려다닌다
운동장에는 아이들의 발길질이 춤춘다
공은 공대로 놀고 아이들은 아이들대로 놀지만
무슨 상관이랴 그는 편을 나누고
우르르 몰려다니는 운동이 싫다
그는 거의 문밖출입을 하지 않는다
유출된 동영상처럼 세월이 넓게 퍼진다
나는 죽은 듯이 살고 싶었다
나는 사는 듯이 살고 싶었다
물론 둘 다 이루지 못한 꿈이다
햇빛 알러지 환자에게는 눈썹처마가 필수지요
의사는 우아한 손동작으로 처방을 내려 준다
정말 두려운 것은 햇빛이 아니다
정말 두려운 것은 몰려다니는 눈빛이다
몰려다니면 결국 무엇인가를 걸어차야 한다
그는 숨은 시인이다 그는 모기만큼 쪼그라든다
그는 점점 짧게 발음된다 나는 숨은 신이다
물론 처음에는 스스로의 의지로 숨었지만

축구공은 골대를 아슬아슬하게 빗나가지 않는다
휘슬이 길게 울리고 그는 잊혀진다
자 그럼 중앙의 비무장지대에서 다시 시작해 볼까
그러나 이미 아는 사람은 다 안다
비무장지대가 가장 위험하다

등신불

세월이 많이 흘러 키도 쪼그라들었지만
그리운 자궁은 여전히 멀고 좁았다
온 세상을 쏘다녀 보아도 어디나 텅 빈 절간이고
허우대는 이윽고 제 귀에 귀를 기울이는 자세로 굽었다
주머니가 깊어 손은 허공을 쥐고 꼼지락거리며
간신히 묻는 안부처럼 간곡한 예를 올릴 듯 말았다
날아가다 멈춘 돌멩이는 어느 공중에 기대야 할까
두터운 옻칠도 가렵지 않고 뜨겁게 입힌 금물도 식으면
엉거주춤 앉아서 걸어온 보폭으로도 천 년이 순간인데
저물녘의 파도 소리에 얹혀 여기 왔다
저녁이면 어디로든 가야 할 곳이 있어야 해서 여기 왔다
소리 내어 울고 싶은 밤은 그때나 지금이나 또 몰려올 거다
저도 어둠이 무섭다며 먼 어둠 속에서 개가 짖었다
날아가다 멈춘 돌멩이는 마저 날아갔을까
어깨를 토닥거리는 바람의 독경이 아직은 견딜 만하고
견딜 만하다는 말이 견딜 수 없이 울컥 치밀어 오르지만
웃듯 웃지도 울듯 울지도 않는 입꼬리를 하고
평생에 대해서는 끝까지 아무 얘기도 하지 않을 거다

나는 등신等身의 괴로움을 안다

풍선아트

백화점 판촉 풍선아트
줄이 길다
줄이 길어서 줄을 선다
줄이 길어도 줄을 선다
저렇게 연약한 팔다리를
사정없이 비틀고
묶고 꺾고 꼬아도
풍선은 줄줄이 매달린다
묶으면 묶이리라
꺾으면 꺾이리라
꼬면 꼬이리라
온갖 잔혹을 다 동원해도
줄은 줄줄이 매달린다
함부로 끊어 내고
함부로 이어 붙여도
풍선인지 줄인지
고분고분하다
발버둥이 없다

이 줄은 왜 긴가
이 줄은 왜 공짜인가
질문도 없이
터지면 터지리라
터질 듯 부푼 희망도
포기도 없이

알리바이

누군가는 말을 해야 하는데 침묵이 길어진다면
공기는 코르셋 같고 회유는 노브라 같다면
마침내 진술 대신 혼자 중얼거리다가 흐느낀다면
포기 대신 악수를 하고 끈적이는 손바닥을 닦아 낸다면
누군가는 있어 줘야 하는데 문을 쾅 닫고 나간다면

천장은 누워 있고 벽은 서 있다
비가 오면 어딘가 두고 온 우산도 젖으리라
문신은 희미해질수록 살갗을 움켜쥔다
눈 한번 깜빡일 때마다
그녀가 나타났다 사라지는 마술이 감쪽같다

필사적으로 버티던 귤껍질이 있었다
이제 다 말라비틀어졌다
곰인형 속에서 나온 얼굴은 진짜 곰이었다
새벽 두 시에서 세 시 사이에 대개 무너지는 법이죠
완벽한 현장에 당신의 부재는 증명되지 않아요
이윽고 불이 꺼지고

책상은 책상인데 누가 머리를 짓찧는다면
의자는 의자인데 다리가 허공을 향해 바둥거린다면
거울에 대고 느닷없이 주먹을 날리거나
혼자인 입술이 혼자인 입술과 부드럽게 키스를 나눈다면
그거 한쪽만 거울인 유리창인데
아무도 알려 주지 않는다면

인간적

임의의 한 점에서 같은 거리에 있는 점들의 집합처럼
나는 창을 연다 나를 연다고 오해해서는 안 된다
당신은 창문 밖에서 나를 엿본다 꼭 당신이 아니어도
나는 지금 출장 뷔페처럼 한상 벌여 놓은 거다
당연히 아무거나 집어도 되지만 다 맛있다는 얘기는 아니다
뷔페의 정체성이란 둘러보는 데 있을 뿐이다
당신의 시선은 군침과 함께 내게 머문다
변태라고 생각한 적은 없지만 나는 저격당한다
나는 하나인데 도미노처럼 자꾸 넘어지고 넘어진다
나는 병들었나 나는 중독됐나 스스로 궁금해진다
나는 당신에게 묻는다 병들지 않고 어떻게 견딘단 말인가
당신은 내게 대답한다 중독되지 않고 어떻게 버틴단 말인가
내 질문은 변명의 형식이다 당신의 대답은 위로의 형식이다
형식이 오가고 있으므로 형식적으로 우리는 유대한다
이 은근한 추파의 유대가 얼마나 달콤한지 만끽한다
세상의 모든 황홀이 예비하는 아찔한 추락을 수락한다
그러므로 우리는 연약하다 달리 말하면 인간적이다
인간적이라는 말은 인간만 쓴다 인간적으로 사실 비겁하다

나는 밤을 도와 도망친다 당신은 속옷 바람으로 아침을 준비한다
임의의 한 점에서 같은 거리에 있는 점들의 집합처럼
당신은 창을 닫는다 당신을 닫는다고 이해하기로 한다

돌탑

이만큼 되었다
오며 한 층
가며 또 한 층
쌓아 올린 돌탑이다
돌을 골라 무엇 하리
모를 깎아 무엇 하리
굴러다닐 만큼 굴러다니면
제풀에
이만큼 되었다
이제 이만큼이면 되었다
가만가만 다독거리는 시간이 있다
물론 한꺼번에 무너지면서
안 되겠다
이만큼 갖고는 안 되겠다
홱 돌아눕기도 했으리라
아슬아슬한 비손에 스스로 놀랐으리라
그러면 다시
오며 한 층

가며 또 한 층
이만큼 되었다
이제 이만큼이면 되었다
곡진하게 타이른 기울기가 있다

봄꽃의 선후

추위가 꽃을 피운다
위협받을 때
생은 가장 아름답다
봄에 피는 꽃은
잎보다
꽃이 먼저 피는 꽃
이제 봄인가
잠깐 나왔다가
이제 봄인가
잠깐 나왔다가
이제 봄인가
잠깐 나왔다가
미처 들어가지 못한
꽃눈이 피어
꽃이 되는 꽃
봄에 피는 꽃은
잎보다
꽃의 선후를 생각할까

생각해야 할까
생각이 많은 꽃
내가 못 살아
내가 왜 못 살아
미련해서 미련을 못 버리는
갈증이 꽃을 피운다

단풍지도

날은 갑자기 어두워지고 마음은 멀리 간다
어디선가 흐릿하게 들려오는 FM 라디오의 음악 소리에
배경처럼 이내가 느리게 깔린다
나는 오래 눈을 뜨지 않고 걷고 싶지만
내가 눈을 감는다고 세상이 감기는 건 아니다
철길 위를 걷는 것처럼 두 팔 벌려 균형을 잡아야 하는 저녁이다
올해 첫 단풍은 다소 늦고 절정은 예년과 비슷하단다
하루가 다르게 남하하는 단풍의
절정의 날들을 등선으로 연결한 지도가 궁금해진다
기상청의 예보가 간곡한 것은 기상청의 의지가 아니다
물론 단풍지도가 가리키는 길이 진짜 길이 아니란 것도 안다
공원 연못에서 걸음마를 연습하던 소금쟁이를 기억한다
덧바른 문풍지 사이로 파르르 스미던 새벽의 웃풍을 기억한다
녹슨 철대문집 석류나무에서 담장 너머로 멀리 나간 가지가 있었다는 것
햇살 끝에 매달린 열매가 유독 붉었다는 것
이웃들이 다들 안 그런 척 한번쯤 눈독을 들였을 텐데
절정 근처에서 어느 행인이 모셔 갔는지 알 수 없다는 것을 기

억한다
　절정이란, 여전히 아직은 아니거나
　이미 지났거나 사이 어디쯤에 있는 환영일 것이다
　이미 깨우친 단풍은 빠르게 하산하는데
　주말마다 산을 오르는 인파가 절정이란다

　마음이 울긋불긋하다

저녁 깊은 밤

배고프지 않아도 저녁은 먹어야지
밤의 고독이 늘어지니까
요기는 해야지 살살 달래며
이슥고 나는 나와 술을 마시네

나는 나와 주는 대로 받느라 저녁이 깊네
나는 나와 권하는 속도가 너무 빠르고
나는 나와 대취하면 노래를 부르네
겨우 마음이 고요해지면 나는 나와 눕고

세상의 모든 안부가 궁금하지 않네
방금 모퉁이를 돌아 영영 사라진
누군가의 자취 역력하게 떠올리지 않네
달력 위에 동그랗게 기억할 일이 없네
일이 없어 나는 나와 시비를 거네

나는 나와 삿대질을 하고
나는 나와 멱살을 움켜쥐고

급기야 나는 나와 키스를 하네
나는 나와 잘도 화해하네
마지막엔 늘 나는 나와 외면하고

아무도 없어도 오래 그리워야지
저녁 깊은 밤이 흘러가니까
아무리 배고파도 저녁은 걸러야지
밤의 우울이 뒤뚱거리니까

2부

여전히 캄캄한 세상은 이제 누가 질문하는가

내 입술의 모든 말

내 입술의 모든 말이 당신을 향하던 백년이 있었다
말이 씨가 된다고
내 입술의 모든 말이 꽃으로 피어 만발했지만

다 지나갔다
백년이 지나 돌이켜보면 당신보다 백년이 사무쳤다

내 입술의 모든 말이 당신을 밀어 내던 백년이 더 있었다
내가 내 말을 못 알아들어 가슴이 우물처럼 울리거나
내 말이 나를 못 알아들어 항아리에 얼굴을 묻곤 했지만

다 지나갔다
다시 백년이 지나 돌이켜보면 백년보다 내가 사무쳤다

백년 또 백년이 지나갔는데
입술을 깨물 때마다 당신이 흘러내렸다
입술을 앙다물 때마다 당신이 비집고 들어왔다

고독한 아이

한때는 그도 고독한 아이였다
고독은 어디로 간 것일까
한때는 무엇인가에 미쳤던 적도 있었다
미침은 또 어디로 간 것일까
무엇은 무엇이었는지 몰라 무엇으로 남았다

한때는 가슴이 뜨거웠던 적도 있었다
그 가슴이 와락 껴안던 가슴은 차갑게 식었으나
차가워서 아팠던 열정은 어디로 간 것일까
한때는 사랑을 잃고 운 적도 있었다
사랑은 가도 좋았으나
사랑을 잃고 울었던 슬픔은 어디로 간 것일까

한때는 질문으로 세상을 밝힌 적도 있었다
모든 것을 이해할 수 없다는 것을 이해하면서
침묵은 깊었다 침묵은 깊었으나
여전히 캄캄한 세상은 이제 누가 질문하는가
질문은 더 이상 질문이 없어 질문으로 남았다

그는 잘못 간직하여 그를 잃은 자다*
한때는 그도 고독한 아이였다
아이는 어디로 간 것일까

* 정약용, 「수오재기(守吾齋記)」: 나는 잘못 간직하여 나를 잃은 자다(吾謾藏而失吾者也).

퍼스트 펭귄

평소에도 그는 뒤뚱거렸다
구부정한 어깨 위로는
목도 머리도 보이지 않았다

정강이를 걷어차는 얼음장이
거리마다 둥둥 떠다녔다
남극의 펭귄인들 왜 안 미끄러웠겠나

언제나 웅크리고 늘 수그렸던
그는 일기 속에서 겨우 발견되었다
눈폭풍 심한 새벽이 지나고였다
아무도 그를 알아보는 사람이 없었다

서로의 날갯죽지에 얼굴을 묻자던
대오는 결국 무너지고
연대는 흩어진 지 오래였다

생의 도약과 추락은 관점의 차이다

잠깐은 누구나 비상을 맛본다
그는 끝까지 미끄러지지 말자다가
가장 먼저 미끄러진 펭귄이었을까
퍼스트는 스스로의 선택이었을까

세상의 모든 결행은 결과로만 단호하다
난간을 넘으면서도 머뭇거렸을
단 한번도 착지를 연습해 보지 않은 발걸음을
누가 기억하랴

평소에도 그는 펭귄이었다

말뼈 원가 판매

여기가 아니라면 어디든지 가고자 했습니다
다 믿지도 않으면서 오늘의 일기예보를 들여다보고
들여다본 예보가 또 틀렸다고 투덜거릴 거면서 말입니다
사실 걷어차야 할 것은 쌔고 쌨는데
이불이나 걷어차곤 했지요 온통 배를 내놓고
집이 무거우면 이불을 걷어차게 되는가 봅니다
그대에게 다 주고도
내 안에 그대가 가득해서 나는 숨이 가빴지만
어째 말에 뼈가 있다, 그대는 다 받고도
그대 안에 내가 한 귀퉁이도 차지하지 않는다는 표정으로
정작 말뼈를 드러내곤 했지요
여기가 아니라면 어디든지 가고자 하는 이유였는데요
마침 차창 밖으로 말뼈 원가 판매 현수막이
갈기를 날리고 있었습니다
과연 어디에 말뼈를 쓰는가 궁금했지요
새삼스럽게 말에 뼈가 있기는 있고
돈 주고 말에 있는 뼈를 사겠다는 수요가 있고
말에 있는 뼈를 혀끝으로 발라내는 사람도 있겠더군요

하지만 말뼈의 뭔가가 어디 뭔가겠어요
밑져야 본전이라는 말뼈의 설레발이 뭔가겠지요
말뼈 같은 생각이 차창에 얼룩덜룩한 얼굴로 비쳤겠지만
여기가 아니라면 어디든지 가는 마당에
날이 흐리고 비가 온다고 해서
오늘의 틀린 일기예보가 무슨 큰일 날 대수겠어요
여기가 아니라면 어디든지 가는 말뼈들만
저만치 앞서서 뉘엿뉘엿 아득하게 굴러갔답니다

당신의 좀비

내가 아는 코로나는 술이름이다, 이었다
죽어라 사랑해도 죽지 않듯이
죽어라 살고 있는 사람들의 한걱정이 깊다
함부로 이해하고 함부로 위로하고
함부로 가까워지면 위험한 줄도 모르고
하긴 위험한 줄 알면 위험이 아니므로
객기는 얼마나 안락한가
소파에서 처음에는 스펀지가 기어 나오겠지만
이윽고 용수철이 튕겨 나온다는 것을
물어뜯긴 밤은 결국 더 길어진다는 것을
모른다, 최선을 다한 고독이란
물어뜯긴 자국이 다만 희미해질 뿐 끝내 남은
흉터를 남의 살점인 듯 가만히 쓰다듬어 보는 일
좀비는 왜 마스크를 하지 않는가
당신을 생각하면 나는 함부로 어눌해지고
함부로 과묵해지고 함부로 신파가 되고
한 백 년쯤 지나면 입술을 축여 당신을 부를 수 있을까
마스크가 답을 내놓을 리 없지만

코로나는 다시 술이름이 될 수 있을까
벌컥벌컥 들이켜도 갈증이 가시지 않는
당신의 좀비인 나는
당신이 물어뜯은 좀비인 나는

비문증

눈에 어른거리는 것이
다 실재인 것은 아니라고 하지만
실재가 아니라고 할 수도 없는 것이어서

가령 유리창을 보면 유리창이 보이고
유리창 너머를 보면 유리창 너머가 보이고
유리창에 매달린 달팽이를 보면 달팽이가 역력하다면
그 달팽이는 아마 달팽이가 아니라
비문증일 것이다
당신은 아마 달팽이일 것이다

외로웠으므로
당신도 사랑만큼은 하고 살았나 보다
아픈 봄이 와서
감기와 구분되는 몸살이 왔다 가고
깊은 겨울이 와서
바싹 이불을 당겨 덮는 눈발이 치다 그치고

눈에 떠다니는 것이 있다
안 보여도 다 보이는 것이 있다
질끈 눈을 감아도 눈을 비벼도 저 유리창에
달팽이 같기도 하고 당신 같기도 하고

대관람차

연휴의 오후는 심심하지만 우아합니다
우크라이나에서 러시아까지
텔아비브에서 가자지구까지
유원지의 대관람차가 기웃기웃 돌아가는 동안에도

미사일은 날아다니고
물과 전기 공급은 차단되고
어느 게 먼저인지는 중요하지 않습니다
또 어디선가 전쟁이 터지고
월요일의 주식시장이 걱정일 뿐입니다

대관람차는 11시 방향에서 12시 쪽으로
아무렇지도 않다는 듯 천천히 올라서는 겁니다
지구는 환지통일까요 횟집의 물고기처럼
제 살이 이미 다 저며진 줄 모르고 꿈틀거리는 겁니다
이렇게 심심하지만 우아하게

세상이 저물기도 하는 겁니다

모든 일이 일어나면 아무 일도 일어나지 않은 겁니다
모두 아프면 아무도 아프지 않은 겁니다
연휴가 지나면 주식은 폭등할 겁니다

신들의 전쟁

팔레스타인 가자지구
이스라엘과 하마스는
72시간 휴전에 겨우 합의했다
아이들은 죽었다

손톱 잘렸다고
상대방의 팔뚝을 자르는 행위인가
뭐가 손톱이고 뭐가 팔뚝인가
아이들은 죽었다

학살이 아니고 전쟁인가
전쟁과 학살이 왜 동의어가 아닌가
아이들은 죽었다
아이들은 원래 죄가 많아
아이들은 나중에 전사가 될 테니까

아이들은 죽었다
군인과 민간인을 구분하는

어른과 아이를 구분하는
이성적인 총알이 있을까
사려 깊은 미사일이 있을까

신들의 전쟁에서
그러니까 그들만의 리그
내전에서
아이들은 죽었다
인간답게 죽었다

우리가 지구를 떠날 때

또 전쟁이다
이 겁도 없는 무모를 수락한다
이 대책 없는 대책을 응원한다

가령 지구의 역사를 24시간이라 할 때
우리는 23시 58분 43초
그러니까 자정의 1분 17초 전쯤 겨우 출현했다는데*

가장 고등한 척하는 저등 말종으로서
가는 곳마다 파괴와 멸종을 두려워하지 않았으니

늘 짐승과 거리를 두겠다고 했으나
이런 짐승 같은, 이런 짐승만도 못한
욕설을 퍼부으며 서로 총을 쏘고 미사일을 날렸으니

우리가 여기에 도통 미련이 없으니 이럴 거다
우리가 아예 떠날 작정을 했으니 이럴 거다

그러지 않고서야 이런 막무가내가 있을 리 없다
그러지 않고서야 이런 똥배짱을 부릴 리 없다

이제 사람 갖고는 안 된다는 거다

우리가 지구를 떠날 때 지구는 침을 뱉을까 손을 흔들까
우리가 지구를 떠날 수 있기는 할까
우리가 우리이기는 할까

* 빌 브라이슨, 『거의 모든 것의 역사』

간판

극장 간판을 그리던 사내
한때 그가 이 거리의 간판이었던 적이 있다
끊어 먹는 필름과 대형 선풍기와 달큰한 지린내만으로도
목에 잔뜩 힘을 주던 동시상영관의 시절이었다
역전에서 극장까지 이어지는 이 거리를 접수하는 게
동네 어깨들 필생의 화두였지
사내의 수입이야 입에 페인트칠하는 정도였지만
주변에 공짜표를 선심 쓰는 재미가 그나마 쏠쏠했다
물론 일주일 걸려 그린 간판이 닷새 만에 철거되기도 했다
간판 속에 그려진 사람들 숫자만큼 관객이 들었다던가
그래도 그는 어엿한 미술부장이었다
마지막으로 그가 그린 여배우는 늙어서야 배우다워졌다
눈 밑에 자글자글한 주름과 처진 입꼬리
가장 혹독한 연기 지도는 역시 세월이지
그의 섬세한 평가만큼 붓터치도 내공이 깊었지만
필름은 끊어지고 과거는 흘러갔다
극장이 문을 닫으면서 그의 뒷소식도 간판답게 덧칠됐다
한때 그가 이 거리의 간판이었다고

향수

고향을 떠나지 않고 어떻게 고향을 떠올릴 수 있나
실 끊어진 풍선이 둥실 날아올랐다
고향의 힘이란 그게 어디서든 나를 지켜보고 있다는 데 있지요
고향이 그를 찾지 않았는데 그는 자꾸 숨으려고 했다
상처는 늘 고향이 주고
붕대로 처매는 것도 언제나 고향이 하고
병 주고 약 주고 북 치고 장구 치고
모든 것을 고향에 떠넘기지 않고 어떻게 떠돌았다고 할 수 있나
새벽 기차는 역을 떠났다 청춘도 연애도 열렬했지만
아무도 고향과는 싸울 수 없지 끝은 뻔하니까
비겁해지지 않고 어떻게 고향에 돌아갈 생각을 할 수 있나
고향에 돌아가지 않고 어떻게 모두 손 털었다고 할 수 있나
미꾸라지가 열을 피해 파고드는 두부 속처럼
다 받아 주지 않으면 어떻게 고향에 돌아왔다고 할 수 있나
결국은 뜨겁게 한 몸으로 뒤엉키는 거라고
두부 한 모금을 입에 물고 그가 울음처럼 웃었다

외로움을 잃어버렸죠

전인권의 노래를 따라 부르는 노래방이다
가야 하는 상갓집을 다녀오는 길이다
보란 듯이 서로 싸우는 유족들을 만나고 오는 길이다
대놓고 욕을 하고 물어뜯고 결국에는 부둥켜안고
울고불고 눈물 콧물 다 빼며 연출하는
조문객을 위해 최선을 다해 가족사를 펼쳐 보이는
딴따라 가족극단을 조문하고 오는 길이다
남의 집안 문제는 관여할 바가 아니어서
다들 묵묵히 문상을 하고 조의봉투를 내밀고
육개장을 먹고 돌아들 갔다
그대는 너무 힘든 일이 많았죠*
외로움을 잃어버렸죠
아, 외로움이 아니라 새로움이었구나
잘못 알고 있었던 노랫말을 그냥 잘못 부르기로 한다
젊어서 외로웠지만, 세상에 혼자였지만
그래서 버둥거릴 수 있었다
그나마 견딜 만했다 이제 일도 있고
돈도 있고 마누라와 자식도 있고

술친구도 있고 가야 하는 상갓집도 다녀왔는데
문득, 외로움을 잃어버렸죠
어떻게 하지? 견딜 만한 외로움을 잃어버렸는데
조문 후의 노래방은 과연 예가 아니다

* 전인권 노래, 〈걱정말아요, 그대〉 : "그대는 너무 힘든 일이 많았죠/ 새로움을 잃어버렸죠"

공공의 적

모든 다툼이 그렇게 끝나는 건 아니지만
어떤 싸움은 코피 한 방울 안 나고도 요란합니다
그래, 언제까지 그렇게 우아할 수 있는지 두고 보자
우아는 맨 나중에 잡을 트집이지만
가장 오래 씹어발기는 안주이기도 합니다
두고 보자는 관객들이 늘어나면서
우아는 갑자기 공공의 적이 됩니다
그러거나 말거나 우아는 철저히 비공개 스파링을 고집하고
링 위에서도 절대 클린치를 풀지 않습니다
사방에서 야유가 쏟아지고 물병이 날아와도
우아는 마우스피스가 빠지도록 웃어 줍니다
우아의 공력은 치욕을 견디는 동안 더욱 깊어지지요
조직을 위해 의리에 죽고 의리에 산다고
우아는 스스로를 달래 자부할 줄도 압니다
그럴 때 우아는 참 동네 깡패와 닮았습니다
닮았다는 건 결국 한통속이라는 말이기도 합니다
아, 순진한 생각의 깡패를 용서하세요
우아는 결정적인 순간에 꼬리도 잘 내린답니다

공공의 적은 그럴 만해서 공공의 적이겠지만
공공의 적은 결국 언제 그랬냐는 듯 잊혀지는 법이지요
우아는 그때를 기다려 본색을 드러냅니다
그러나 우아의 본색은 원래 무색입니다

잉크가 묻은 손가락

저 잉크가 묻은 손가락은
잉크가 하고 싶은 말이 있었던 것
잉크가 그리고 싶은 그림이 있었던 것
잉크가 털어놓고 싶은 고백이 있었던 것
잉크가 폭로하고 싶은 비밀이 있었던 것

어쩌면 저 잉크가 묻은 손가락은
잉크가 하던 말을 가로막고 있었던 것
잉크가 그리던 그림을 덧칠하고 있었던 것
잉크가 털어놓던 고백을 부인하고 있었던 것
잉크가 폭로하던 비밀을 가리고 있었던 것

아니 어쩌면 저 잉크가 묻은 손가락은
잉크가 한 말을 지우고 있었던 것
잉크가 그려 낸 그림을 뭉개고 있었던 것
잉크가 털어놓은 고백을 주워 담고 있었던 것
잉크가 폭로한 비밀을 외면하고 있었던 것

손가락은 잉크를 묻힌 채
잉크가 웅크린 모습 그대로 웅크린 채
톡톡 책상을 두드리고만 있네
저 잉크가 묻은 손가락은

여반장

지하보도 바닥에서 손바닥을 만난다
바닥에 납작 엎드려 내민
바닥에 등을 맞댄 손바닥을 만난다

지하보도 바닥에 엎드리는 일쯤이야
손바닥을 내미는 일쯤이야
가끔 떨어지는 동전이나 지폐의 액면을
감촉만으로 알아맞히는 일쯤이야

어쩌면 어려운 건
바닥에 저당 잡힌 손바닥을
물끄러미 들여다보는 일
손바닥에 새겨진 손금의 길을
처음부터 다시, 처음부터 다시
거듭 되짚어 가는 일

그보다 정작 어려운 건
손바닥을 뒤집는 일

뒤집어 봐야 바닥에 바닥을 맞대는 일
하지만 바닥이 바닥을 짚어야
떨쳐 일어날 수 있는 일
일어나 텅 빈 허공이라도 불끈
움켜쥐어야 하는 일

과거가 있다

점포정리 폐업세일이
비를 맞고 있다
지난겨울엔 눈도 맞았다
계절이 몇 번 지나갔는데
미련할 정도로 미련이 많다
분노처럼
항의처럼
머리에 질끈 띠를 둘러매고
버티는 게 뭔지 보여 주고 있다
핏대를 올리고 있다
세금도 남고
빚잔치도 남고
언젠가 길까지 막았던 개업 화분도 남고
남은 게 많아
손 터는 데 시간이 필요하다
정리하다 보면 튀어나오는 것들
폐업하다 보면 나타나는 것들
결국 장례식장에 모습을 드러내고야 마는

숨겨 놓았던 애인처럼
뜨끔한 게 있다
비처럼
눈처럼
과거는 흘러갔다
흘러가서
과거가 없다는 과거가 있다

벽화

상처 입은 짐승은
동굴 깊이 숨는다

일 년이 간다
십 년이 간다

상처는 깊었지만
깊은 만큼 깊이 숨어
겨우 아문다

그런데 나가는 길을 잃는다
나갈 수가 없다

길을 잃은 상처는
다시 도진다

깊이 숨은 만큼 깊게 도진
상처가

벽을 긁는다

처음에는 다 선의였으나

처음에 이 관절인형의 손목을 꺾은
손의 의지는 선의였을까

안구를 갈아 끼우고
가발을 씌우고 옷을 입히고
팔과 무릎을 꺾다가 마침내는
목을 꺾을 때까지

처음에는 다 선의였으나
선의는 필연적으로 왜곡되고
모욕 받는다
상처 입은 짐승이
가장 깊은 동굴에 숨어 웅크리듯이

웅크려 모욕을 견딘다
세상의 측은을 거부하고
세상의 기억을 밀어 내고
세상의 망각을 불러 망각이게 하고

처음에는 다 선의였으나

하지만 과연 선의였을까, 라고
움푹 파인 눈자위도
얼굴도 없이 버려진 이 관절인형이
속삭인다면

3부

찻잔의 실금은 기억하는 바가 있지 않을까

얼굴

너에게로 가서 늘 아팠다
외투를 잠시 벗어 놓았다가
나는 두 번 어딘가에 두고 왔고 두 번 모두 찾았으나
세 번째는 영영 잃을 것 같아 더는 입지 않았다
기억은 늘 파르르 떨려서
어딘가에 너도 두고 온 것 같았다
가만히 더듬어 보면 눈 두 개 귀 두 개 코 하나
칭얼거리는 입 하나 모두 멀쩡했는데
아침마다 매일 닦아도 표정은 떠오르지 않았다
다만 울음과 웃음이 구분되지 않듯
다독여 시치미 떼는 일은 일도 아니었다
너를 들고 다닐 수 없어서
머리끝까지 이불 속에 파묻고 잠들곤 했다
목 없는 마네킹이 부러워지기도 했지만
눈 한번 깜짝하지 않을 자신만큼은 자신 있었다
밤이 오고 날이 밝고 다시 어두워지는 동안
너는 얼룩처럼 희미해졌다
너는 여전히 멀리서 웃거나 울고
나는 이제 더는 아프지 않아서 몰래 아팠다

불우

불우라는 말로 생을 요약하기에는 늘 저녁이 길었다

낮잠을 한숨 자고 일어나니 목젖이 눌렸다

밤은 또 왔지만 눈이 가만가만 내려서 차갑게 따뜻했다

손바닥에 묻은 실밥 어둠을 겨우 뜯어낸 뒤 쌀을 씻으면 세상이 사무쳤다

노안이 오래됐으나 멀리서 보는 게 익숙했으므로 당신을 떠올리지 않아도 견딜 만했다

불 앞에 쪼그리고 앉아 말똥말똥 밥물 끓어오르는 소리에 귀를 기울였다

숟가락이 무거웠다

물그릇에 살얼음이 잡혔다

다시 잠 못 들고 뒤척이면 알전구의 필라멘트가 부르르 몸을 떨었다

자정 너머의 치렁치렁한 그림자를 불우라는 말로 싹둑 접기에는 언제나 생이 무례했다

하염없이 하염없는

하염은 왜 하염없을까
아무렇지도 않은 척 직립한 젠가의 블록처럼
들고 나는 흔적도 없이 너는 위태로웠다
하염없는 날들이 하염없이 흘러갔다
한때 힘겨웠으나 나는 사실 여전히 숨을 잘 쉬고
세수를 하기 위해 물도 잘 움킨다고 위로했다
잠시 손금에 스며드는 순간의 찰랑거림
그렇게 네게 스며들고 싶었던 거다
하지만 결국 손가락 사이로 다 빠져나갔다
하염은 어째서 하염없을까
나는 하염없이 하염없는 세상의 한 귀퉁이를 찢어
너에게 부치지 못할 편지를 쓰곤 했다
유리컵의 차가운 표면에 단호하게 달라붙은 물방울인들
하늘을 두 쪽으로 완연히 갈라놓은 비행운인들
결국 순간을 견딜 뿐이다
우리가 영원이라고 애써 약속했던 영원은
순간이 겹치고 접힌 주름의 잔상일 뿐이다
하염은 여전히 하염없을까

젠가의 단순한 규칙은 무너지지 않아야 한다는 것
그러나 명료한 결론은 무너져야 한다는 것
허공은 왜 공허의 다른 이름일까
공허는 어째서 허공의 같은 이름일까
간신히 버티고 있는 젠가의 텅 빈 허우대 속에서
하염없이 하염없는 질문이 두리번거렸다

오늘이 가면

늘 오늘이 최악이다
되는 일도 안 되는 일도 없다
일이 없으니 없을 수밖에 없다

그의 입꼬리가 일그러진다
오늘이 가면, 오늘만 가면
다 쓴 건전지는 갈아 끼우면 그만이다
그는 언제나 오늘을 탓한다

칼은 없고 칼집만 남아
칼의 울음을 흉내 내는 표정
속이는 자는 지루해서는 안 된다
우선 자신부터 부지런히 속여야 한다

그는 1인칭 단수가 두렵다 나는
도대체 누구인가
그는 막연한 복수도 괴롭다 우리는
과연 실체가 있는가

오늘이 가면, 오늘만 가면
막무가내의 희망을 연신 날려 보지만
오늘이 가면 오늘이 가면이다
가면 뒤에서 누가 웃는다
운다

책의 취향

그는 사람을 견디지 못한다
사람이 지긋지긋해질 때마다 그는 책을 읽는다
책은 덮으라고 읽는 것이다
책은 덮으라고 있는 것이다
그는 책을 덮고 잔다

바다에 가면 사람들은 바다와 얘기한다
바다는 다 들어주기 때문이다
산에 가면 사람들은 산과 얘기한다
산은 다 알아듣기 때문이다
바다에서 산에서 사람들은 유쾌하게 웃는다
그는 책과 얘기하다 운다

그래서 나는 당신에게 노래를 했던 것이지요
그랬는데 누가 스위치를 눌러 버렸어요
누가 중간에 내 노래를 껐을까요
바로 당신이라는 걸 뻔히 알지만
도저히 그게 당신이라고 생각할 수는 없어요

당신에게는 언제나 내가 중과부적이었는데요
사실 문제는 그게 아니었어요
당신을 적으로 삼았다는 게 문제였어요
손톱만큼은 이기고 싶었다는 게 사달이었지요
내 눈물이 뜨거운 건 마음이 남루해서예요
남루한 자의 눈물이 더 뜨거운 법이지요

그는 잠 속에서 울다 이윽고 편안해진다
아까 그가 묵묵히 수저를 놓았던 저녁이 깊다
설거지는 식탁의 몫인 듯 침묵한다
그는 여전히 책을 덮고 잔다

지나간 연애

그대 호주머니에 드라이아이스
빠르게 기화하는 표정을 잡고 싶어서
닮고 싶어서, 한번은 나도 뿌리칠 기회가 있어야지
그대의 손금을 따라 꼼지락거리는 오후였는데
모래시계를 언제 뒤집었나 감감해질 때마다
떨어진 일회용 밴드를 다시 붙이는 마음
붙을 듯 떨어져도 견디는 침묵
온종일 다녀온 곳 어딘지 알 수가 없지만
신발이 기어코 디뎌야 하는 바닥이어서
그대 호주머니에 싱크홀
짚어도 허우적거리는 허방을 닮고 싶어서
잡고 싶어서, 나는 그저 한 손을 푹 찔러 넣었는데
당신은 두 손 두 발 다 원한다는 듯
당신은 아득해서 나는 그저 아득함만 서운해 했는데
따지고 보면 당신은 아득하게 분명했던 것인데
분명히 했던 것인데
지나간 연애를 돌이킬 때마다
손은 어디다 둬야 할지 안절부절이어서

부끄러울 때 손은 호주머니로도 가고
다른 손을 맞잡으러도 가는 것인데
그대 호주머니에 뒤통수
머쓱하게 긁적일까 부드럽게 쓰다듬을까
세차게 후려칠까 마냥 설레는

접촉사고

출근길 접촉사고가 났다
충돌도 아니고 추돌도 아니고
어디까지나 접촉이라는 사고
접촉이라는 말이 에로틱해서 나는 잠시 웃었다
사고라는 말뜻까지 다시 들려서 또 웃었다

길에서 만난 개미 두 마리
머뭇머뭇 더듬이로 서로의 몸을 더듬다가
아예 한 몸으로 엉겨 붙다가
겨우 반씩 비켜 줘 각기 제 갈 길을 가듯
나는 그저 출근이나 하고 싶었는데

상대편 운전자는 잔뜩 인상을 쓰더니
대뜸 웃통부터 벗었다
아니 다짜고짜 길에서 이러면 날더러
얼굴이 홧홧 달아올라
나도 예의상 단추라도 풀어야지 싶었다

하지만 대낮에 사거리 한복판이고
사방에 눈이 많았다
때를 놓치면 너무 멀리까지 함께 가야 한다
우선 나부터 식혀 놓고 봐야 한다
접촉은 사고가 아니잖아

서로의 몸을 더듬다가
머뭇머뭇 제 갈 길을 갔던
그 개미들은 언제 다시 접촉했을까
결국 사고 치고 잘 살았을까

놀이터 1

시소에 앉아 있었지
시소의 균형이 우리의 균형인 것처럼
열중하며
시소의 기울기가 우리의 기울기인 것처럼
기우뚱거리며

그렇다고 세상이 시소라고 느낀 적은 없지
어떤 열차를 타든
결국에는 내려야 하는 것처럼
각자 짐을 싸 들고 차표를 건네며
묵묵히 출구를 찾아 빠져나가는 것처럼

놀이터에는 이제 아무도 없네
어제의 놀이터와 오늘의 놀이터 사이에
균형이 없네
아무도 없는 김에 몰래
시소가 양발 뒤꿈치를 들어 기울기를 연습하네

아무래도 시소는 저울이 아니므로
어떤 기울기도 고집하지 않네
균형은 언제나 위태로워야 제맛이므로
지나가며 건네는 바람의 안부에도 깨질 것이네
어깨에 얹히는 꽃잎 한 장의 다독거림에도
울어 버릴 것이네

놀이터 2

멀리 가지 말아라
아이들을 놀이터에 풀어놓고
벤치에서 핸드폰에 코를 박은 엄마들

멀리 가지 말라는 엄마와
멀리 가고 싶어 미끄럼틀 기둥 뒤로 숨는 아이와
일요일 오후의 놀이터는 저마다 골똘하고

멀리 가지 않으면 물론 엄마 품이지만
엄마 품은 여전히 강한 유혹이지만
문득 옷에서 떨어지는 단추처럼 핑그르르 돌아

엄마가 일기장을 몰래 훔쳐본다는 것을
알면서도 모르는 척하는 것쯤은
철봉에 거꾸로 매달려야 딴 세상이 펼쳐진다는 것쯤은
시시해도 균형을 잡아야 하는 일이어서

그러나 세상의 균형이란

어느 한쪽으로 기울어져야 비로소 뒤늦게
가늠하게 되는 균형이기도 해서

선택은 매혹적으로 위험하다
폭죽이 터질지 만국기가 휘날릴지
각기 다른 행성에서 지구를 생각하며 눈물지을지
멀리 가기 전에 저녁이 오고 고분고분 집으로 돌아갈지

백 년쯤 전에 당신은

스물에 애인을 놓치듯
서른에 꽃을 지나쳤는데

속눈썹 한 올 돌멩이 위에 얹어 놓는다 한들
간절히 엎드린 마음이 당신에게 건너갈 수 있을까

미처 떼어 내지 못한 스티커 자국처럼
집착은 접착과 닮아서

이미 차갑게 식은 찻물이라 한들
그래도 찻잔의 실금은 기억하는 바가 있지 않을까

울음이 들썩인 어깨를
어깨가 토닥거린 울음을

마흔에 단풍을 잊듯
쉰에도 첫눈을 지나쳤는데

지나친 것들이 한꺼번에 몰려드는 밤
전생은 늘 전쟁 같아서

백 년쯤 전에 당신은

첫눈

죽은 자의 빈집에
산 자들이 다들 모여 왁자지껄 신이 난다

이렇게 죽고 싶지는 않았는데
평생 웃음이 없던 그가 영정 속에서 웃고 있다

첫눈이, 아…… 첫눈이
조등을 적시며 밤새 내릴 기세다

이 세상의 눈은 모두 첫눈인 듯 반갑고
이 세상의 사랑은 모두 첫사랑인 듯 그립고

이렇게 살고 싶지는 않았는데
평생 울고 싶었던 그는 왜 죽자고 웃고 있는가

그럼 울어? 첫눈인데?
우아한 용서는 첫눈이 다 한다

정말 이 세상의 죽음은 모두 첫 죽음인데
초상집의 소주는 왜 이리 늘 다디단가

산 자들은 저마다 살 궁리에 바빠 돌아가고
죽어 빈집을 나온 그는 노숙이 걱정이다

관계의 내연

관계는 늘 추궁을 당하지요
내연관계라니요
관계에도 새삼 내연과 외연이 있구나 생각하지만

모든 관계는 사실 내연 아닌가요
외연의 허구를 벗으면, 외연의 얼굴을 지나면
만나게 되는 민낯이 있지요

사물이 거울에 보이는 것보다 가까이 있습니다
당신이 보이는 것보다 가까이 있어서
든든하게 외로웠습니다
그리워할 수도 없고
침을 뱉을 수도 없고

거울은 무한대의 관계를 선사하지요
당신이 보이는 것보다 멀리 있으면 안 되나요
그리워할 수도 있고
침을 뱉을 수도 있게 말입니다

관계의 내연은 혼자서도 활활 내연하지만
너무 골똘해지면 재미없어요
우두둑 관절을 꺾을 때마다 손가락이 부러집니다
좋은 말로 할 때 불어! 안 불어?
관계는 늘 취조를 당하지요

나머지

나누고 난 뒤의 허전함은 사실
나눈 뒤의 나머지가 어쩐지 가엾어서인데

가령 영혼의 무게라는 21그램
나머지는 그저 몸의 무게
아니 나머지가 몸인지 어떤지는 불확실하므로
나머지는 그저 가엾은 무게

그게 사실일까 아닐까
입증이 중요한 게 아니라
그저 무게라는 무게의 무거운 현존을
현존의 묵직한 슬픔을

어쩔 수 없는 날이 있다
어쩔 수 없이 달고 다녀야 하는 날이 있다

그런데 그 영혼이라는 애 말야
평생 제 무게나마 그래도 무거워는 했을까

21그램을 제외한 나머지를
한번쯤 곰곰 가늠해 보기는 했을까

하마르티아*

우리는 이제 누구인가
결별을 선언한 후 너는 침묵했고
그 침묵을 나는 전적으로 받아들였다
받아들여야 그나마 견딜 만했다
멀리서, 멀리 있어야 그리운 거라고 되뇌면서도
서둘러 가정을 꾸리고 아이를 낳고
현명하게 살아가는 너를
잊고 지냈다 현명하기로 치면 내가 더했다
일요일 오후의 낮잠과
저녁으로 각기 후라이드와 양념치킨을 주장하다가
반반으로 타협을 보던 시절이
돌이켜보면 사랑이었을까
세상에 둘밖에 없었으므로, 하마르티아
세상에 둘만 있는 건 아니라는 걸
결국 순순히 받아들여야 했으므로, 하마르티아
사람에 걸려 의자가 넘어졌는데
허공에 두 손 두 발 다 들고 대신 벌서는 자세로
의자는 거꾸로 버티고 있다

이제 사람 갖고는 안 될 것 같은 지구를
온몸으로 주저앉히고 있다
사랑의 사물화만큼
사람의 사물화는 단순 견고하다
질문을 바꿔야 한다 우리는 이제 무엇인가

* 하마르티아(hamartia) : 아리스토텔레스, 『시학』. 비극의 주인공이 불행을 맞게 되는 원인으로 제시한 '판단착오'를 가리키는 말.

아웃도어

사거리 아웃도어 옷가게는 폐업을 내걸었다
비장하게 내건 지 1년이 넘었다
한때 즐비했던 개업 화분들
기대는 매일 개업하면서 시들어 갔다
이제 폐업을 내걸었으니 무서울 게 없다
세일에 폭탄을 얹어 내던져도 터질 게 없다
과연 문을 열고 드나드는 사람이 없다
아웃도어는 문을 열고 나간다는 뜻
문을 열고 나가면 바깥이라는 뜻
문밖은 곧 아웃이라는 뜻
신문마다 오늘의 운세는 신물처럼 올라왔다
쇼윈도 창틀에 매달린 마네킹은 혀가 굳었다
세상에 열지 말아야 할 문을 열면 안 된다는 듯
무덤까지 가져가야 할 침묵이라는 듯
입술에 묻은 말을 마저 떼어 내야 한다는 듯
오후를 길게 늘어뜨리며 어둠이 왔다
사람들은 밖으로 나간 마음을 안으로 잠갔다
아웃도어 옷가게는 망한 지 오래였다

세상에 열지 못할 문이 어디 있나
폐업을 어루만지며 바람이 아웃아웃 지나갔다

건강이 제일이지

아파트가 세상인 세상에서
계단 오르기만 한 운동이 어디 있냐지만

있을 때 잘 하라는 말은
있을 때 흘려듣는 말이기도 해서

아직은 건강하니까
다만 계단은 오르기만 하는 거라고
이 나이에 내려가기로 치면 무릎이 절단난다고

있을 때 잘 하라는 말은
없을 때 사무치는 말이기도 해서

뭘 더 챙기겠다고
뭘 더 올라가 보겠다고

중년

술 줄이고 담배 끊으세요
의사의 이런 충고처럼
쉽게 뭉개지는 게 또 있을까
으레 듣는 말이거니 한다
의사 역시 으레 하는 말이거니 한다
마주 보며 공범처럼 배시시 웃는다

휴게소에 멈춘 관광버스
한 무리 쏟아져 내린 사내들이
둥글게 모여 춤을 춘다
풍선인형처럼 흐느끼며 뽕짝은 흐르고
젊은 가이드에게 노래를 해 보란다
애인은 있느냔다 벗어 보란다
가이드는 한숨이 깊다

가갸거겨 늦게 한글을 깨치듯
더듬더듬 파렴치를 자백하듯
중년이 간다

커튼

컴퓨터 뒤로 뻗은 전선들
저 늘어선 실뿌리들
채 감추지 못한 탯줄들
천 길 만 길 악착같이 기어가는 줄기들
배후는 뒷골목처럼 지저분하고
이면은 늘 엉켜 있지만

백 개도 넘는 글자판이
날름날름 놀리는 혓바닥을
마우스가 지시하고 가리키는 삿대질을
잘도 받아넘긴다
종이도 없이 잉크도 없이
속도 없이 배알도 없이

환한 모니터의 뒤쪽
우주 커튼처럼
블랙홀로 남아야 할 것이 있다
커튼으로 드리워져야 할 것이 있다

볼장 다 보기 전에
끝장나기 전에

배후에도 예의가 있다
외면해야 할 이면이 있다

4부

휘청거리며 가는 게 사랑이라고

스토리텔링

궁금해지면 시작입니다
당신이 이해되지 않아서 다가갔지요
아무것도 알아낼 수 없었지만
아무것도 알아내지 못해서 다행이었지요
그렇지 않다면 더 이상 궁금했겠어요?
문득 어지러웠고 당신이 밀었다고
혹은 끌어당겼을 수도 있다고 생각했지요
어디까지나 생각의 자유라고 주장하고 싶지만
생각의 자유는 의외로 많지 않습니다
궁금해지면 이미 자유는 자유롭지 않습니다
당신은 내가 뭘? 아무것도 한 게 없다고
따질 필요 없습니다
과연 당신이 뭘 했겠어요
당신이 뭘 했다면 시작이 있고 끝이 있겠지만
궁금해지면 소용없어요 이 세상에
시작만 있고 끝이 없는 것을 줄거리라고 합니다
줄거리는 결코 요약할 수 없어요
궁금해지면 끝이 없습니다

연금술

처음부터 있던 것을
있게 하거나
처음부터 없던 것을
없게 하는 것

연금술이란
알고도 속는 것
눈 뜨고도 당하는 것
이지만

모두 반쯤은 얼이 빠지는 것
입이 헤벌어지는 것
이기도 하지만

결코 속지 않는 자
절대 당하지 않는 자
있다면

그는 꿈이 없는 자
갈 데까지 간 자

가족

거실에 모인 잠이 깊다
이백 개가 넘는 채널이 있으니
끼니는 그것으로 족하다
리모컨은 묵주
채널을 돌릴 때마다
웅얼웅얼 경이 경을 불러모은다
두 시에도 세 시에도 뉴스는
상자 속의 미궁 같은 세상을
거기 놓친 실 끝이 있기도 하다는 것을
알려 줄 듯 말 듯 혼자 심각하다
휴일 오후가 불러온 낮잠
천근만근 무겁다
안방까지 가는 길도 천산북로다
가족, 내력이 깊은 흉터
저마다 세상이 곤하고 가려워
코를 골며 허벅지를 긁으며
잠 속의 잠 속의 잠 속의 잠
꿈 속의 꿈 속의 꿈 속의 꿈

잠의 겹상자
꿈의 겹상자
현관의 신발들은 뒤꿈치를 드는 법이 없다
집에서만큼은 이쪽저쪽 뒤집어지고
아무렇게나 나뒹굴어야 한다

파과*

아이는 자주 아픈 척했다
배가 아파, 피아노 학원에 가기 싫은 거다
다리가 저려, 태권도가 지겨운 거다
아픈 척하는 아픔을
그래 그래, 다 들어주며
같이 아픈 척 표정을 만들어
기어이 영어 수학 재능교실에 다 보냈다
결국 이기는 게 이기는 거다

아이는 이제 제 방문을 걸어 잠그고
무슨 여권이나 비자
출입허가증 같은 것을 요구한다
세상은 그리 괜찮은 곳이 아니란다
외롭겠지만
걸어 잠그는 버릇은 잘 들여놨으니 됐다
둥둥 떠다니는 유빙에 갇힌 북극곰
열렬한 침묵, 열렬한 소극, 열렬한 내성
파과에는 폭력도 반항도

남근주의도 있지만
결국 서글퍼지는 오후도 있단다

어서 세상을 너끈히 가늠하는 나이가 되었으면
아니 조금만 더디 자랐으면
마음이 뒤섞이는 저녁
언젠가는 너도 외롭겠지만

* 파과 : 파과지년(破瓜之年)

호랑이

어흥, 호랑이 나온다!
다 늦은 저녁의 아파트 놀이터
집으로 돌아가지 않으려는 아이를 겁주려
없는 호랑이를 들먹인다
어둠은 미끄럼틀을 미끄러져 내려와
시소의 중심추 근처에서 킁킁거린다
어흥, 무섭지?
나는 호랑이 울음으로 다시 아이를 위협한다
아파트 창마다 불이 켜지면
없는 호랑이가 배회하는 시간이다
보이지 않는 호랑이가 보이는 시간이다
어슬렁거리는 호랑이들을 피해
다들 즈이집들 찾아 들어가
고분고분 손 씻고 저녁 먹고 잠을 청해야 하는 시간이다
하지만 겨우 세 살배기 아이는 이미
돌아가는 데 싫증난 지 오래
언젠가는 떠나야 할 운명을 예감한 지 오래
놀기에 바쁜 중에도 눈치가 구단이다

상처를 입고 숨은 짐승은
제 상처를 핥는 혓바닥의 피맛을 기억한다
마늘과 쑥을 먹으며 버텨야 했던
사육의 날들을 기억한다
지금은 견디지 못한 게 아니라 견디기를 거부하는
거칠 것 없는 호랑이들의 시간
아이가 어흥, 어흥
생각에 잠긴 나를 도리어 겁준다
시베리아로 아무르 강가로 어흥, 어흥
내 손을 잡아끌며 집에서 자꾸 멀리멀리 달아나잔다

늙은 아이

밥숟갈을 들고 아이가 존다
다 먹자고 하는 일인데
먹는 일이 얼마나 고단한지 안다
아이의 큰 미덕은 참지 않는 것
안 그런 척하지 않는 것
졸리면 마냥 조는 것

아이를 재우다 아빠가 설핏 존다
정작 아이는 선잠을 깨어 뒤척인다
겁에 질려 속삭인다
아빠, 아빠, 으응?
어두워서 무서워,
아빠가 있는데 뭐가 무서워?

아이는 불 꺼진 방이 무섭다
아이는 어두운 세상이 무섭다
그러니까 아이는 세상을 안다
아빠만 세상 물정 모르고

범 무서운 줄 모르고 큰소리친다
아빠가 있는데 뭐가 무서워!

아이는 쉽게 믿는다
아빠가 있으니까 이제 잠이 깊다
아빠는 사람이 못 미더운 지 오래다
아빠는 사람에 실망한 지 오래다
아빠의 큰 미덕은 참는 것
안 그런 척하는 것
안 졸려도 애써 자는 것

늦둥이

서툴지 않은 사랑이
어디 있는가
두려운 첫발자국처럼
아이와 놀다가
아이의 걸음마와 놀다가
넘어질 듯 비틀거리는 건 아이였지만
무릎은 내가 먼저 아프고
놀라는 나 때문에 아이가 더 놀라고
아픔보다 먼저 표정을 살피는 게 사랑이라고
비틀비틀 다가와 안기며 아이가 웃는다
혀를 내밀어 받아먹는
첫눈처럼 아이와 놀다가
나는 어느새 오십이 넘었는데
아이 나이를 더해도 숫자가 그리 늘지 않아
나는 잠시 막막해지기도 하는데
막막하지 않는 사랑이
어디 있는가
휘청거리며 가는 게 사랑이라고

아이의 걸음마가 놀이터를
들었다 놨다 한다

텃밭

그 여자는 기르는 데 이력이 난 사람
기르다가 생애를 모두 탕진한 사람
그 여자는 이제 텃밭을 가꾸는 사람
길러 낸 것들이 뒤도 안 돌아보고 세상으로 나간 뒤
여전히 길러야 할 것을 다시 만드는 사람
상추 감자 깻잎 고추 등등
따지고 보면 기르고 자시고 할 것도 없는 것을 기르는 사람
툭 던져 놓으면 저 혼자도 잘 자라는 것을 기르는 사람
더러 고추를 도둑맞기라도 하면
누군가 맵게 먹으면 됐다는 사람
무농약 유기농은 오히려 질기다고 억지로 투정하면
애처럼 투정하는 모습을 보여야 좋아할 것 같아 투정하면
투정이라도 해야 그 나이에 뙤약볕에 덜 나갈 것 같아 투정하면
역시나 살살 달래는 데 이력이 난 사람
살살 달래는 소리라도 듣고 싶어 투정하는 사람을 달래는 사람
소일거리 삼아 가꾼다는 텃밭에서
비로소 끝까지 곁에 있어 줄 것을 기르는 사람

끝까지 곁에 있어 줄 것을 길러
끝까지 곁에 있어 주지 않는 사람에게 바리바리 싸 주는 사람

예의

아파트 놀이터 옆 그늘에
중 3쯤 되었을까 여학생 둘이 담배를 피운다
피우다 말고 나를 본다
뭘 쳐다보냐는 듯 꼬나본다
내가 먼저 쳐다본 게 사실이므로
점잖은 체면에 어긋나므로
그쯤 해서 눈을 돌려 줘야 하는데
나는 어디 한번 빤히 마주 쳐다보기로 한다
그저 내 중 3이 아득해졌을 뿐인데
아파트 단지가 온통 고요해졌을 뿐인데
이윽고 여학생들이 눈길을 돌린다
시답잖다는 듯 손끝으로
담뱃불 익숙하게 튕겨 내고 자리를 뜬다
나잇살이나 먹은 대접을 받아서
나는 가슴을 쓸어내린다
아파트는 무사하니 되었다
엉뚱하게 관리인 흉내를 낸다
여학생들은 어느새 자취가 없다

둘이 나란히 손잡고
방과후 야자로 돌아갔을까
컴퓨터 게임방에 잠입했을까
설마 아파트 꼭대기로 올라가
오래도록 서 있을까
놀이터 모래밭에 아직 초롱초롱한 불씨가
문득 글썽하게 춥다

스마트워치

손목시계가 감히
움직이라고 한다 시계 화면 속의 발자국 두 개가
먼저 걷기 시작한다 스마트하다

따라갈까 말까
어, 나는 인간인데
이 주저는 알량한 자존심인지 모호하다

왼쪽 손목 어디쯤이 섬세하게 아프다
아픈 건 죄가 아니고 아프면 죄가 씻기고
아프다니 모두 용서하겠지만, 아프다

손목시계 하나로 걸음수와 심박수를 측정하고
체성분을 측정하고 스트레스조차
측정한단다 측정하는 대로 측정 받다가 잠이 들면
숙면도마저 측정하겠다고 달려든다

측정 너머에 누가 있을까

누가? 대신에 무엇? 이라고 해야 할까
누가든 무엇이든 측정 너머가 아득해진다
키득키득 웃고 있는 건 아닐까

어, 나는 인간인 적이 있었는데
스마트하게 헤어진 지 이미 오래전인데
미처 헤어지지 못한 마음만 아프다
아프기를 바라는 마음만 알량하게 아프다

유실물센터

찾을 수 있을까 당신에게 가는 길이었는데
지하철을 타고 환승역에서 내려
3번 출구에서 나가지 말고 개찰구 옆으로 걸으면
유실물센터가 나온다고 가르쳐 줬지

당신에게 가는 길을 잃어버렸는데
난데없이 누가 유실물센터를 일러준 걸까
지나가는 사람들에게 다시 물어보지만
글쎄요, 그런 곳이 있었나 잘 모르겠는데요

당신도 내게 오는 길을 잃어버렸을까
우리가 길에서 엇갈리면 결국 유실물센터에서 만날까
마음의 솔기가 터져 덧댄 자리가 또 터졌는데

센터를 믿고 언제든 잃어버리세요
무엇이든 잃어버리세요
센터가 있으니까 어찌 됐든 마음 든든하게 먹고

산 사람은 살아야지, 찾아 드릴게요
당신에게 가는 길이었는데
유실물센터는 잃어버려야 찾아가는 곳이었는데
당신인지 유실물센터인지 길을 잃어버렸는데

사랑의 배신

언젠가 이 거리에 와 본 적이 없다
나는 완강히 부인한다 알리바이가 있을까
이 거리의 바람은 예전 그대로다 너도 그대로일까
불한당들의 역사처럼 나는 곰곰 기억한다
이 거리에서 언제 우리가 헤어졌을까

배신이라는 말이 이렇게 낯설어질 줄 몰랐다
사랑과 함께 쓰면 더 촌스러워질 줄 몰랐다
한때는 동시상영관의 두 번째 영화의 제목이었을
사랑의 배신, 너는 이 거리에 와 본 적이 있을까

나도 이 거리에 와 본 적이 없으므로
우연을 연속극처럼 필연화하는 조우도 없다
예전의 찻집이 공짜폰을 주는 가게로 바뀌었다는 것도
모른다고 잡아뗀다 공짜는 왜 수상한가
풍선인형이 도리질을 하며 두 팔을 세차게 꺾어도
나는 이 거리에 와 본 적이…… 그만 실토할까

이 거리의 바람은 구르는 자갈처럼 운다
울음은 웃음에서 얼마나 먼가 혹은 가까운가
생각해 보면 배신이란, 배신도 못 하는 사랑이란
애초부터 사랑이 아니었던 것
사랑이 아니었는데 어떻게 배신이 가능할까

순도 백 퍼센트의 사랑만이 배신의 자격이 있다고
배신이 우연을 가장하며 다가와 팔짱을 낀다
이 거리의 사랑은, 아, 사랑은
은근히 던지는 배신의 추파가 싫지 않다

싱크홀 2

누군가 가르쳐 준 이별의 방식을 생각한다
일을 하고 밥을 먹고 잠을 자면서
신발이 가늠하는 길을 걸으면 된다
그러나 우리는 어떻게 존재할 것인가를 고민하는 존재 아닌가

그는 고개를 떨군다
떠난 사람을 기다리는 일은 골치가 아픈 일이어서
아픈 골치는 무거운 법이어서
그는 아예 옆 사람 어깨에 머리를 얹어 놓는다
생판 낯선 옆 사람인데 가만히 있다

얼핏 그가 존다고 생각한 적이 있다
얼마나 졸음에 겨워야 기다리는 것 같을까
가볍게, 먼지처럼 가볍게
그는 졸면서 기다린다

아직은 견딜 만하다고 위안 삼을 때가 있다
자기 연민은 얼마나 위태로운 평온인가

갑자기 푹 꺼지는 기억은 왜 벌린 아가리를 닮았는가
지구본은 늘 갸우뚱 기울어져 있다

땅이 꺼지듯 한숨이 나온다
땅이 꺼진다
옆 사람이 옆에 없다

구석

입구가 없어요 당신이
먼저였는지 내가 먼저였는지 확실치 않지만
어쨌든 들어섰다는 표현이 가능하다면
들어선 거지요 나인지 당신인지
구분이 쉽지 않지만 빛인지 어둠인지

가령 내가 나를 어쩌지 못할 때
내가 나와 격렬하게 싸울 때
내가 나를 이길 수 없을 때
사실은 내가 나와 적당해지고 싶을 때

당신이라면 어땠을까 먼지처럼 훌훌 가벼워져서
동전처럼 또르르 굴러가서
당신을 떠올려 순식간에 당신을 끌어들이는 기술
당신을 감쪽같이 공범으로 몰아가는 기술

가장 먼저 오는 저녁인지 가장 나중에 가는 새벽인지
자못 심각하게 먼저 와 나중을 곰곰 헤아리는

물론 유치한 줄 알지만 원래 당신과 나는
가위바위보를 하며 계단을 한 칸씩 두 칸씩
오르내리는 놀이에 정신을 온통 빼앗긴 것이라서

잠도 못 자고 밥도 못 먹고
퀭한 얼굴로 어디든 처박힐 수 있을 만큼 처박힌다면
출구가 없어요 당신인지 나인지
이윽고 각자도생하다 보면 어느 모퉁이에선가
흘낏 옷깃이라도 스치기는 했을라나

냉장고

냉장고에는 방이 많다
냉동실과 냉장실 사이
위칸과 아래칸 사이
김치특선실과 신선야채실과 과일참맛실 사이
각얼음실과 해동실과 멀티수납실 사이
어디쯤의 층간 소음으로 막연하게
서로 눈 흘기는 아파트 같다

방이 많은 집은 춥다
밥 먹을 때만 각자 문을 열고 나와
수저는 입으로
눈은 TV로
묵묵 식사가 끝나면 다시 각자의 방으로
서둘러 들어간다
문은 언제나 쾅 닫히는데
다들 냉골에 떤다

냉장고는 방이 많아도 가난하다

가난이란 마음만 아궁이 앞이라는 말이다
냉장고는 잠도 없다
온종일 끙끙 앓거나 웅웅 수런거린다
송곳니를 세운 얼음조각들이 달그락거린다
냉장고는 아무나 열지 못한다
코끼리가 가끔 드나들었다는 전설이
공룡 발자국처럼 남아 있을 뿐이다

아주 늙은 냉장고만 들판에 큰대자로 드러누워
비로소 활짝 문을 열어젖히고
방이란 방은 죄다 트고
세상모르고 잔다

오후의 손톱

우유를 좋아하지 않지만 오래 우유를 끊지 못했다
기다리지 않아도 고분고분 배달되는 우유를
기다렸다는 듯 냉장고에서 꺼내 들고 서성거리는 오후다
그러니까 우리는 자러 가야 돼
오후 두 시의 졸음은 지나치게 노골적이다
바지 속에서 팽팽한 발기가 결론을 내린다
입 안으로 온통 빨려 들어간 입술처럼 괄약근을 조이고 싶다
여기까지는 내 혼자 생각이다
나는 먼저 이별을 고한 적은 없으나
통보당한 적은 셀 수 없이 많았다
함께 길을 걷다가 마치 주머니에서 손을 빼다는 듯 손을 들어
이별을 선언한 사람도 있었다
그래 그래 얼떨결에 축하라도 하듯 나도 손을 흔들었다
그러니까 우리는 서둘러 자러 가야 돼
여기까지도 그저 내 혼자만의 상상이다
오후 세 시에도 지구는 팽이처럼 돌고 있을까
나는 나와 싸울 자신이 없다
이긴 적이 없기 때문이다

그저 잘근잘근 손톱을 물어뜯는 오후 네 시다
우유는 건강에 좋아서
우유부단이란 우유를 끊지 못한다는 뜻이다

이모티콘

당신은 솜사탕처럼 입 안에서 녹는다
내 혀가 기억하는 당신의 표정
기대나 예측보다 항상 앞서가는 호들갑

느닷없이 고백을 하는
느닷없이 넙죽 절을 하는
느닷없이 흥칫뿡 삐쭉거리는

당신이 나를 상대하고 있는 게 맞는지
문득 뒤를 돌아보고 싶은

이거 왜 이러세요 너무 심각하면
그렇게 정색을 하면 민망하잖아요
살짝 눈을 흘기는 재주조차 완벽한

세상에 말로 할 수 없는 게 있습니까? 있어요?
따지다가도 슬그머니 물러서게 하는

세상에 말로 할 수 없는 게 있군요

이 종이 다발의 한 낱장으로

이 낱장은 작정하고 머물러 있다
죽어라 사랑해도 죽지 않듯이
죽어라 씨름해도 넘기지 못하듯이
이 낱장은 순순히 물러설 작정이 아니다

누군가 이 낱장의 모서리를 접어 두거나
갈피를 끼워 놓을 수도 있다
하지만 세상에 넘치는 게 종이 다발이고
거리에 밟히는 게 낱장들이어서
노을이 붉고 계절이 바뀐다

아무도 소리 내어 읽지 않아서
아무도 귀 기울이지 않아서
이 낱장은 요약이 없다
이 어쩔 수 없는 종이 다발의 한 낱장으로
요약이 없다고 흉금도 없으랴

기억은 기억하는 만큼만 기억이지

몇째 쪽 몇째 줄인가
물음인지 울음인지 모를 밑줄을
이 종이 다발의 찢어발긴 낱장이 긋고 있다

해설 |

'홀로'와 경청의 감각

이경수(문학평론가)

‘홀로’와 경청의 감각

1

천생 슬픔을 타고난 시인이 있다. 지독한 외로움에 허방을 짚으며 청춘의 한 시절을 건너온 시인은 11년 만에 세상에 내미는 다섯 번째 시집에서 한층 더 깊어진 목소리로 노래한다. 번잡한 세상에서 몇 걸음 물러나 스스로를 소외시킨 것처럼 보이는 강연호 시의 주체는 한층 더 깊어진 외로움과 쓸쓸함을 이번 시집에서 보여 주고 있다. 그의 시를 읽으며 이십 대 청춘을 보낸 나로서는 엄살은 줄고 시선은 너그럽고 웅숭깊어진 이번 시집 수록 시들을 읽으며 함께 나이 들어 가며 여전히 공유하는 감각을 지닌 시인이 있다는 사실에 조금은 위로받았다.

“한때는 무엇인가에 미쳤던 적도 있었”고 “가슴이 뜨거웠던 적도 있었”으며 “사랑을 잃고 운 적도 있었”던 “고독한 아이”는 “한때는 질문으로 세상을 밝힌 적도 있었”지만 이제 “그는 잘못 간직하여 그를 잃은 자"가 되었다. 하염없이 흐르는 세월 앞에서 그도 속수무책이었을 것이다. "모든 것을 이해할 수 없다는 것을 이해하면서" "침묵은 깊었으나" "여전히 캄캄한 세상은 이제" 질문하는 이가 없어서 "질문으로 남았다"(「고독한 아이」). 고독도 아이도 사라진 곳에 잘못 간직하여 자신을 잃어버렸다는 쓸쓸한 자각이 뒤늦게 온다.

나이가 든다는 것은 "가야 하는 상갓집을 다녀오는 길"에 "보란 듯이 서로 싸우는 유족들을 만나고" 와도 "남의 집안 문제는 관여할 바가 아니어서/ 다들 묵묵히 문상을 하고 조의봉투를 내밀고/ 육개장을 먹고 돌아들" 가는 쓸쓸한 일상을 사는 일이다. 조문 후에 노래방에 가서 "전인권의 노래를 따라 부르"다가 오랫동안 "잘못 알고 있었던 노랫말을" 뒤늦게 알게 되었지만 "그냥 잘못 부르기로" 하는 시의 주체는 "젊어서 외로웠지만, 세상에 혼자였지만/ 그래서 버둥거릴 수 있었"음을 안다. "이제 일도 있고/ 돈도 있고 마누라와 자식도 있고/ 술친구도 있"지만 "견딜 만한 외로움을 잃어버"(「외로움을 잃어버렸죠」)린 나이가 되었음을 그는 고백한다.

「벽화」에서 시의 주체가 보여 주는 벽화 탄생기는 강연호 시에 대한 알레고리로 읽히기도 한다. "상처 입은 짐승"이 "동굴 깊이 숨"어 "일 년이" 가고 "십 년이" 가면서 깊은 상처가 "겨우 아"물었지만 "나가는 길을 잃"어버려 "나갈 수가 없"게 되었다. "길을 잃은 상처"가 "다시 도"져 "깊이 숨은 만큼 깊게 도진/ 상처가/ 벽을 긁”(「벽화」)어 생긴 것이 벽화라고 그의 시가 말할 때, 어쩌면 강연호 시인도 그랬겠다는 생각을 하게 된다.

2

혼자만의 공간에 틀어박혀서 홀로 지내거나 혼자 무언가를 하는 것이 사람들 속에 섞여 시끌벅적하게 살아가는 일보다 더 편하다고 느끼는 사람들이 있다. 아마도 적잖은 시인들도 혼자 있는 공간을 즐기고 혼자 무언가를 하는 것에 익숙한 존재들일 것이다. 사람들 속에서 북적대며 함께 어울리는 일을 즐기는 사람의 눈에는 혼자 있는 모습이 외롭고 쓸쓸해 보일 수도 있지만 의외로 당사자는 평온할 수도 있다. 강연호 시인의 이번 시집에는 혼자 무언가를 하며 무리에서 떨어져 나와 있는 주체가 종종 모습을 드러낸다. 시인의 표현을 빌리면 우르르 몰려다니면서 휩쓸리는 삶에 대한 거부감 때문에 혼자 있는 삶의 방식을 일부러 선택한 것에 가깝다.

혼자 밥 먹는 사람은 외로워서 강해 보인다

기억의 부력은 놀라워서 언제든 기어이 떠오른다
너무 오랜 낮잠으로 불어터진 얼굴을 짓이기며
스쿠터가 슬리퍼를 끌 듯 지나간 게 전부인 오후다

세계가 고요하면 긴장해야 한다

목련의 실핏줄이 아프게 터지는 계절인데
꽃말처럼 흩어지는 신파를 거두며
찻물이 끓는 동안 입술이 식혀야 할 이름이 있다

혼자 노래하는 사람은 쓸쓸해서 강해 보인다

— 「혼자 밥 먹는 사람은」 전문

강연호의 이전 시집이 외로움과 쓸쓸함의 정서에 기대고 있었다면 이번 시집에서는 외로움과 쓸쓸함의 정서를 그리면서도 그것에 강해 보인다는 힘을 부여하고 있다는 점이 눈에 띈다. "기억의 부력은 놀라워서 언제든 기어이" 과거의 정서가 떠오르지만 "꽃말처럼 흩어지는 신파를 거두며/ 찻물이 끓는 동안 입술이 식혀야 할 이름이 있다"고 시의 주체는 말한다. 이제 신파를 거두고 뜨거운 감정을 식혀야 할 시간임을 강연호의 시는 알고 있다. "혼자 밥 먹는 사람"이 이전과 달리 "외로워서 강해 보"이고 "혼자 노래하는 사람"이 "쓸쓸해서 강해 보"이는 까닭은 여기에 있다. 이때 혼자 밥을 먹고 노래하는 행위는 무리에 휩쓸려 다니는 삶에 대한 거부감을 드러내는 행위이자 자발적으로 선택하는 '홀로'의 감각에 가깝다. 무리에 휩쓸려 다니는 삶의 방식은 어찌 보면 바깥에서 존재를 증명받고 싶은 일종의 인정 투쟁에 가까운 행위로 볼 수 있다. 우르르 몰려다니는 무리에서 빠져나와 혼자 밥을 먹고 노래하는 것은 생활인으로서의 삶과 시를 쓰는 삶을 바깥의 흐름에 휘둘리지 않고 스스로의 의지로 선택하겠다는 주체의 선언으로도 볼 수 있다. 시집의 첫 시로 이 시가 실려 있는 이유는 여기에 있을 것이다.

> 아이들이 축구공을 따라 몰려다닌다
> 운동장에는 아이들의 발길질이 춤춘다
> 공은 공대로 놀고 아이들은 아이들대로 놀지만
> 무슨 상관이랴 그는 편을 나누고
> 우르르 몰려다니는 운동이 싫다
> 그는 거의 문밖출입을 하지 않는다
> 유출된 동영상처럼 세월이 넓게 퍼진다
> 나는 죽은 듯이 살고 싶었다
> 나는 사는 듯이 살고 싶었다
> 물론 둘 다 이루지 못한 꿈이다
> 햇빛 알러지 환자에게는 눈썹처마가 필수지요
> 의사는 우아한 손동작으로 처방을 내려 준다
> 정말 두려운 것은 햇빛이 아니다
> 정말 두려운 것은 몰려다니는 눈빛이다

몰려다니면 결국 무엇인가를 걷어차야 한다
그는 숨은 시인이다 그는 모기만큼 쪼그라든다
그는 점점 짧게 발음된다 나는 숨은 신이다
물론 처음에는 스스로의 의지로 숨었지만
축구공은 골대를 아슬아슬하게 빗나가지 않는다
휘슬이 길게 울리고 그는 잊혀진다
자 그럼 중앙의 비무장지대에서 다시 시작해 볼까
그러나 이미 아는 사람은 다 안다
비무장지대가 가장 위험하다

—「숨은 신」 전문

'숨은 신'이라는 제목은 루시앙 골드만의 '숨은 신'을 연상시키지만 이 시에서는 '숨은 신'의 상징을 빌려 "숨은 시인"에 대해 말하고 있다. 현존하면서 동시에 부재하는 이 시대의 신처럼, 이 시에 등장하는 숨은 시인도 "처음에는 스스로의 의지로 숨었지만" 어느새 잊힌 존재가 되어 버렸다.

이 시에는 몇 가지의 장면이 중첩되어 있다. 먼저 "거의 문밖출입을 하지 않"으면서 아이들이 운동장에서 "축구공을 따라 몰려다"니는 모습을 보는 '그'가 있다. "그는 편을 나누고/ 우르르 몰려다니는 운동이 싫다"고 생각한다. 그런가 하면 "나는 죽은 듯이 살고 싶었다/ 나는 사는 듯이 살고 싶었다"라고 1인칭의 목소리로 말하는 "숨은 시인"이 있다. "햇빛 알러지 환자에게는 눈썹처마가 필수"라고 "우아한 손동작으로 처방을 내려 준" 의사도 등장한다. 그는 "정말 두려운 것은 햇빛이 아니"라 "몰려다니는 눈빛"이라고 의사의 말에 반박한다. "그는 숨은 시인"인데 "모기만큼 쪼그라"들자 "점점 짧게 발음"되며 "숨은 신"이 되어 버렸다. 이 시에 등장하는 '그'와 '나'는 동일 인물로 보이지만 시의 주체는 거리를 두고 그를 객관화하기도 하고 '나'의 목소리로 말하기도 한다. 몰려다니는 사람들과 눈빛이 싫어 스스로를 소외시킨 자리에 강연호 시의 주체는 있다. 처음에는 자발적 의지로 혼자의 방식을 선택했지만 어느새 잊힌 존재가 된 그는 "비무장지대가 가장 위험하다"는 것을 알면서도 이제 다른 선택을 할 수 없게 되었다. 마치 오늘의 시처럼.

지하보도 바닥에서 손바닥을 만난다
바닥에 납작 엎드려 내민
바닥에 등을 맞댄 손바닥을 만난다

지하보도 바닥에 엎드리는 일쯤이야
손바닥을 내미는 일쯤이야
가끔 떨어지는 동전이나 지폐의 액면을
감촉만으로 알아맞히는 일쯤이야

어쩌면 어려운 건
바닥에 저당 잡힌 손바닥을
물끄러미 들여다보는 일
손바닥에 새겨진 손금의 길을
처음부터 다시, 처음부터 다시
거듭 되짚어 가는 일

그보다 정작 어려운 건
손바닥을 뒤집는 일
뒤집어 봐야 바닥에 바닥을 맞대는 일
하지만 바닥이 바닥을 짚어야
떨쳐 일어날 수 있는 일
일어나 텅 빈 허공이라도 불끈
움켜쥐어야 하는 일

— 「여반장」 전문

혼자 있기를 선택하고 스스로를 소외시키는 자리를 선택한 강연호 시의 주체는 혼자 골똘히 생각하는 시간이 많아진 까닭에 우리가 관습적으로 사용하는 표현들을 물끄러미 들여다보다가 어떤 깨달음에 이르곤 한다. 손바닥을 뒤집는 것만큼 쉬운 일이라는 의미로 흔히 사용되는 여반장(如反掌)도 사유의 대상이 된다. 그의 시에서 어떤 말의 사전적 의미나 통념을 뒤집어 보게 하는 힘은 대개 체험으로부터 온다. "지하보도 바닥에서" "바닥에 납작 엎드려 내민" "손바닥을 만"나는 일은 살면서 누구나 한두 번쯤은 경험한 일일 것이다. 이미 산전수전을 겪은 시의 주체는 "지하보도 바닥에 엎드리는 일쯤이야/ 손바닥을 내미는 일쯤이야" 그다지 어려운 일도 아님을 안다. "어쩌면 어려운 건/ 바닥에 저당 잡힌 손바닥을/ 물끄러미 들여다보는 일"이고 "그보다 정작 어려운 건/ 손바닥을 뒤집는 일"이다. 겨우 손바닥을 뒤집는 일이 뭐가 어렵냐고 생각할 수도 있겠지만 이미 바닥을 경험하고 체념한 사람에게 "손바닥을 뒤집"어 "바닥에 바닥을 맞대는 일"은 생각만큼 쉽지 않을 것이다. 그것은 세계를 뒤집는 일이기 때문이다. "바닥이 바닥을 짚어야/ 떨쳐 일어날 수 있"고 "일어나 텅 빈 허공이라도 불끈/ 움켜"쥘 수 있지만 체념하고 길든 이에겐 손바닥을 뒤집고 바닥을 짚고 떨쳐 일어나는 일이 어쩌면 가장 어려운 일일지도 모른다.

하염은 왜 하염없을까
아무렇지도 않은 척 직립한 젠가의 블록처럼
들고 나는 흔적도 없이 너는 위태로웠다
하염없는 날들이 하염없이 흘러갔다
한때 힘겨웠으나 나는 사실 여전히 숨을 잘 쉬고
세수를 하기 위해 물도 잘 움킨다고 위로했다

잠시 손금에 스며드는 순간의 찰랑거림
그렇게 네게 스며들고 싶었던 거다
하지만 결국 손가락 사이로 다 빠져나갔다
하염은 어째서 하염없을까
나는 하염없이 하염없는 세상의 한 귀퉁이를 찢어
너에게 부치지 못할 편지를 쓰곤 했다
유리컵의 차가운 표면에 단호하게 달라붙은 물방울인들
하늘을 두 쪽으로 완연히 갈라놓은 비행운인들
결국 순간을 견딜 뿐이다
우리가 영원이라고 애써 약속했던 영원은
순간이 겹치고 접힌 주름의 잔상일 뿐이다
하염은 여전히 하염없을까
젠가의 단순한 규칙은 무너지지 않아야 한다는 것
그러나 명료한 결론은 무너져야 한다는 것
허공은 왜 공허의 다른 이름일까
공허는 어째서 허공의 같은 이름일까
간신히 버티고 있는 젠가의 텅 빈 허우대 속에서
하염없이 하염없는 질문이 두리번거렸다

— 「하염없이 하염없는」 전문

세상으로부터 자신을 자발적으로 소외시키고 혼자 있는 시간을 선택한 주체에게 "하염없는 날들이 하염없이 흘러갔"을 것이다. 「시인의 말」에서 강연호 시인은 "돌이킬 수 없어서 다행"이라고 말한다. 젊은 날 놓친 청춘의 시간을 안타까워하며 후회와 미련을 드러냈던 것과 달리 이제 시인은 어떤 시간은 돌이킬 수 없음을 알고 오히려 "돌이킬 수 없어서 다행"이라고 생각할 줄 알게 되었다. 캄캄한 세상에서 그는 "하염은 왜 하염없을까", "하염은 어째서 하염없을까", "하염은 여전히 하염없을까" 질문을 던진다. 번잡한 세상과 거리를 두고 혼자 들어앉은 시인은 하염없이 흐르는 시간을 바라보며 "아무렇지 않은 척 직립한 젠가의 블록처럼/ 들고 나는 흔적도 없이" "위태로웠"던 지난날을 생각한다. "한때 힘겨웠으나 나는 사실 여전히 숨을 잘 쉬고/ 세수를 하기 위해 물도 잘 움킨다고 위로"하면서. "네게 스며들고 싶었던" 마음도 "결국 손가락 사이로 다 빠져나"가고 "너에게 부치지 못할 편지를 쓰곤 했"던 지난날도 하염없이 흘러갔다. "우리가 영원이라고 애써 약속했던 영원은/ 순간이 겹치고 접힌 주름의 잔상일 뿐이"지만 돌이킬 수 없는 것이 있다는 것은 다행이 아닐 수 없다.

3

우르르 몰려다니지 않고 혼자 떨어져 나와 있는 강연호 시의 주체는 세상에 대해 냉소와 연민의 태도를 드러낸다. 세상의 통념에 대해 냉소적 시선을 드러내다가도 세상의 시선이

나 일그러진 욕망에 의해 왜곡된 대상을 향해서는 연민의 태도를 보인다. 가령 "빈칸을 채우는 일이 깊고 고"된 자필 이력서 쓰는 밤, 그는 "심문받는 자의 자술서 같"은 자필 이력서에서 "생년월일 외에는 아무것도 확실하지 않"고 끝내는 "생년월일조차 의심스럽다"는 냉소에 이른다. "동사무소 접수대에 고무줄로 묶여 있는 볼펜"으로 "출생신고와 전입신고를 하면/ 세상에 묶이고 동네에 묶이고/ 반상회에 묶이고 관리실에 묶"인다는 것을 깨닫는 순간 "그는 삶을 구겨 던진다". "진짜 불우한 건 나"라는 "연민이 스스로를 향하면" "생각을 줄여야 한다는 생각이 늘 앞서" 가지만 "찢어발긴" 이력서를 "휴지통을 뒤져" "찾아내 맞춰 붙여야 하고/ 다리미로 쓱쓱 문질러 펴야 하는 게 필생의 이력이란 걸"(「자필 이력서 쓰는 밤」) 이제 그도 아는 나이가 된 것이다.

> 평소에도 그는 뒤뚱거렸다
> 구부정한 어깨 위로는
> 목도 머리도 보이지 않았다
>
> 정강이를 걷어차는 얼음장이
> 거리마다 둥둥 떠다녔다
> 남극의 펭귄인들 왜 안 미끄러웠겠나

언제나 웅크리고 늘 수그렸던
그는 일기 속에서 겨우 발견되었다
눈폭풍 심한 새벽이 지나고였다
아무도 그를 알아보는 사람이 없었다

서로의 날갯죽지에 얼굴을 묻자던
대오는 결국 무너지고
연대는 흩어진 지 오래였다

생의 도약과 추락은 관점의 차이다
잠깐은 누구나 비상을 맛본다
그는 끝까지 미끄러지지 말자다가
가장 먼저 미끄러진 펭귄이었을까
퍼스트는 스스로의 선택이었을까

세상의 모든 결행은 결과로만 단호하다
난간을 넘으면서도 머뭇거렸을
단 한번도 착지를 연습해 보지 않은 발걸음을
누가 기억하랴

평소에도 그는 펭귄이었다

—「퍼스트 펭귄」 전문

'퍼스트 펭귄'은 위험한 상황에서 가장 먼저 움직여 도전하고 다른 이들을 참여하게 하는 리더십과 도전정신을 가진 사람을 비유적으로 지칭하는 말이다. 퍼스트 펭귄 같은 존재에 의해 역사는 움직이는 것이기도 하지만, 퍼스트 펭귄으로 불리는 순간 누구도 그 이면을 들여다보려 하지 않고 궁금해하지도 않는다. "세상의 모든 결행은 결과로만 단호"해서 "평소에도 그는 펭귄이었다"는 사실은 대개 잊히게 마련이다. 강연호 시의 주체는 누구도 궁금해하지 않고 기억하지 않는 바로 그 자리를 들여다보고자 한다. 퍼스트 펭귄에게도 "난간을 넘으면서도 머뭇거렸을" 망설임의 시간이 있었겠지만 아무도 그 시간을 기억하고 싶어하지 않는다. "그는 끝까지 미끄러지지 말자다가/ 가장 먼저 미끄러진 펭귄이었을"지도 모른다고 생각하며 "퍼스트는 스스로의 선택이었을까" 묻는 시의 주체의 태도는 "생의 도약과 추락은 관점의 차이"임을 아는 데서 나오는 질문이다.

어디 퍼스트 펭귄뿐이겠는가. "서로의 날갯죽지에 얼굴을 묻자던/ 대오는 결국 무너지고/ 연대는 흩어진 지 오래였"던 시절을 그 또한 지나왔을 테니 말이다. "평소에도 그는 뒤뚱거렸"고 "구부정한 어깨 위로는/ 목도 머리도 보이지 않았"으며 "평소에도 그는 펭귄이었"지만 아무도 그가 그냥 펭귄이기를 바라지는 않을 것이다. 강연호의 시는 누구도 던지지 않는 불편한 질문을 던지고 의심함으로써 생의 이면을 들여다보려고 한다.

살 만큼 살아 보니 좀 알겠다는 말보다
주절주절한 변명이 있으랴
대체로는 무엇을 알겠다는 건지 얼버무리는 거다
애초에 목적어가 있기는 했나

오늘의 허기를 달래려 수제비 뜨는 저녁인데
이 반죽에서 무슨 세월을 떠낼 수 있을까
어떤 요리 장인의 수제비도 같은 모양은 없고
뭉개고 치대고 찢고 떼고 뜯어내는 게 나는 아니라지만
결국 모든 수제비는 둥글고 펑퍼짐하게 떠오른다

이 형상은 모호하고 그저 덩어리로 있다
가령 미술관의 인상파 그림 앞에서 오래 머무는 사람은
아무것도 모르는 사람이다
아무것도 모르는 게 없는 사람이다
고개를 갸우뚱할수록 뭔가 깊이 아는 사람이다
니가 뭘 안다고 나서, 나서길!
수제비 앞에서도 마찬가지다

나는 청천벽력의 세상을 요령껏 건너 왔다
나는 용맹정진의 도전을 재주껏 피해 왔다
허깨비가 나를 보면 그저 웃지요 할라나 울지요 할라나

허깨비에게 물어볼 생각은 없다 사실은 두렵다
긴 한숨부터 내쉴까 봐 먼저 설레발을 칠 뿐이다
그러면 좀 있어 보인다 이번에는 주어가 없다

살 만큼 살아 보니 수제비 뜨는 저녁이다
수제비는 주걱으로도 젓가락으로도 손으로도 뜨지만
그래봤자 뭉개고 치대고 찢고 떼고 뜯어내는 게 다라서
눈물이 아니라 수제비 얘기다
수제비를 뜨다 말고 저녁이 우두커니 깊어진다 해도

수제비는 고개를 수그리고 수제비는 두 손을 모으고
수제비는 한껏 둥글게 몸을 말아야 수제비라는 것을
아무리 뜨거워도 국물과 함께 훌훌 감추듯 삼켜야 한다는 것을
어디까지나 눈물이 아니라 수제비 얘기다

—「수제비 뜨는 저녁」 전문

"오늘의 허기를 달래려 수제비 뜨는" 평범한 어느 저녁에 수제비를 뜨다가 "어떤 요리 장인의 수제비도 같은 모양은 없고" "결국 모든 수제비는 둥글고 펑퍼짐하게 떠오른다"는 사실에서 시적인 순간과 마주친 시다. 기성세대가 되고 나면 자기도 모르게 "살 만큼 살아 보니 좀 알겠다는 말"을 하게 되기 쉽다. 대개 우리의 판단은 자기 경험의 한계에 갇히기 마련이지만 나

이가 든다는 건 자기 경험을 확신하다 못해 아는 척하며 함부로 충고하는 실수를 자주 범하는 일이기도 하겠다. 시의 주체는 그것이 "주절주절한 변명"임을 꿰뚫어 본다. "무엇을 알겠다는 건지"는 "얼버무리"면서 "있어 보"이고 싶어하는 태도에서 그는 목적어도 주어도 없는 두루뭉술한 태도를 읽어 낸다.

"청천벽력의 세상을 요령껏 건너"오고 "용맹정진의 도전을 재주껏 피해 왔다"는 고백은 요령 부리지 않고 타협 없이 청천벽력의 세상을 용맹정진해 왔으면 수제비 뜨는 이런 평범한 일상을 마주할 수 없었을 거라는 자기 성찰에서 온 것이겠다. 두려움 때문에 "먼저 설레발을" 치며 살아온, 포즈와 허세로 가득한 지난날을 "살 만큼 살아 보니 수제비 뜨는 저녁"에 마주하며 시의 주체는 문득 서러움을 느낀다. "수제비를 뜨다 말고 저녁이 우두커니 깊어진다 해도" 결국 "둥글고 펑퍼짐하게 떠오"르는 수제비처럼 사는 것도 그와 별다를 게 없음을 알아 그는 "눈물이 아니라 수제비 얘기"임을 여러 차례 강조하지만 "청천벽력"과 "용맹정진"의 시간을 지나 마주하고 있는 수제비 뜨는 저녁이 한편으로는 눈물나게 서러운 것이겠다. 이 서러움은 절정을 지나왔음을 아는 이의 서러움이다.

4

혼자 있는 시간 속으로 스스로를 유배 보내 자신의 서러움과 마주한 강연호의 시는 이제 귀 기울여 타자의 소리를 듣는 경청의 감각을 보여 준다. 강연호 시의 주체는 "선후가 없고/ 피아가 없고/ 주종이 없고/ 인과가 없고/ 좌우가 없고/ 시말이 없어/ 단순"한 삶을 지향한다. 그래야만 "껴안는다는 것은/ 껴안긴다는 것"(「포옹」)이 됨을 아는 것이다. 그는 자발적 혼자 되기를 종종 선택하는, 여전히 외로움과 가까이 있는 시인이지만 그가 궁극적으로 꿈꾸는 관계는 포옹의 관계가 아닐까 싶다.

비가 오고 목련이 진다
후드득 흐드득
다음 중 어떤 소리로 비는 오고 목련은 질까
후드득 흐드득 후드둑 흐드둑
4지선다형의 맞춤법 문제처럼 골똘하게
비가 오고 목련이 진다

후드득 흐드득 후드둑 흐드둑 후두득
비가 오고 목련이 지는데
후드득 흐드득 후드둑 흐드둑 후두득 흐두득
5지선다형도 6지선다형도 문제없다
제각기 다른 소리로 비는 오고 목련은 지는 것이지
맞춤법이 어디 있나 정답이 어디 있나

저마다 다른 속내로 봄은 오고 봄은 가는 것이지

알쏭달쏭한 우리말겨루기처럼
정답도 없이 맞춤법도 없이
후드득 후드둑 후두득 후두둑
흐드득 흐드둑 흐두득 흐두둑
비가 오고 목련이 진다
날이 저물면 봄이랬자 발목이 더 시리고
밤이 깊으면 젖은 속내는 더 젖을 거라며
제 연민으로 제 밑동을 두툼하게 덮어도 주며

비가 오고 목련이 진다
비가 오는 소리는 받아 적을 수 없는 소리이고
목련이 지는 속내는 가늠할 수 없는 속내라서
도무지 갸우뚱한 봄밤이 깊다

—「후드득 흐드득」 전문

"비가 오고 목련이" 지는 풍경을 살면서 숱하게 봐 왔겠지만 해마다 봄이면 마주하는 심상한 풍경도 어느 하나 같은 풍경은 없을 것이다. "제각기 다른 소리로 비는 오고 목련은 지는 것이"라 비가 오고 목련이 지는 소리를 받아 적기는 쉽지 않다. "알쏭달쏭한 우리말겨루기처럼/ 정답도 없이 맞춤법도 없이" "저마다 다른 속내로 봄은 오고 봄은 가는 것이"다.

"후드득 후드둑 후두득 후두둑/ 흐드득 흐드둑 흐두득 흐두둑" 저마다 다른 소리로 "비가 오고 목련이 진다". 비 오는 소리를 들리는 대로 받아 적어도 각자의 귀에 들리는 소리는 다 다를 수밖에 없다. 강연호의 시는 저마다의 차이를 눈여겨보고 귀 기울여 들으려고 한다. 우리네 사는 모습이 닮은 듯해도 제각기 다른 것처럼 비가 오고 목련이 지는 소리도 저마다 다르다는 것을 아는 것이다. "비가 오는 소리는 받아 적을 수 없는 소리이고/ 목련이 지는 속내는 가늠할 수 없는 속내라서/ 도무지 갸우뚱한 봄밤이 깊"어 간다. 그렇게 우리의 생도 깊어 갈 것이다.

> 아무도 귀 기울이지 않는 얘기에 귀를 기울이던 당신
> 당신에 대한 기억은 귀로 시작되더군
> 당신은 서술어를 잠시 머뭇거리는 버릇이 있고
> 당신은 부정인지 긍정인지 모를 표정을 자주 짓고
> 그럴 때 세상은 비스듬히 깊어지는 것이어서
> 나는 내 속내를 털어놓는 줄도 모르고 다 털어놓아야 했지
> 누군가를 그리워하기 시작했다는 것은
> 인생의 가장 먼 길을 가기로 작정했다는 것이지요
> 이쯤 해서는 내 입술이 당신의 귀에 살짝 닿기도 했을라나
> 인생은 미완성이라고 누가 한 말은 탄식일까요 비명일까요
> 완성이었다면 더 살고 싶은 마음이 도대체 생겼겠어요?

유행가 가사에 인생을 실어 나르기 시작하면서
이윽고 줄줄 나를 흘리는 나를 발견하는 순간의 부끄러움을
스스로 못 이겨 조금씩 말이 늘어지고 서술어를 잠시
머뭇거린 것인데, 아 이건 당신의 버릇인데
당신의 버릇조차 닮아 가는 나를 들켜 얼굴이 벌게질 때

— 「당신의 문체」 부분

"아무도 귀 기울이지 않는 얘기에 귀를 기울이던 당신"으로 인해 "당신에 대한 기억은 귀로 시작"된다. "당신은 서술어를 잠시 머뭇거리는 버릇이 있고/ 당신은 부정인지 긍정인지 모를 표정을 자주 짓고" "누군가를 그리워하기 시작"한 "나"는 "당신의 버릇조차 닮아" 간다. 아무도 귀 기울이지 않는 얘기를 귀 기울여 경청하는 당신의 감각은 그리움과 함께 '나'에게로 전이된다. 혼자이기를 좋아하던 강연호 시의 주체는 이제 타자의 말을 귀 기울여 듣고자 한다. 그것은 "백 년쯤 전에" "당신에게 건너"가려는 "간절히 엎드린 마음"(「백 년쯤 전에 당신은」)과 다르지 않다.

귀 기울여 경청하는 감각의 소중함은 "전쟁과 학살"이 끊이지 않는 인류 문명이 "아이들"을 죽음에 이르게 하는 것에 대한 안타까움으로 이어진다. "군인과 민간인을 구분하는/ 어른과 아이를 구분하는/ 이성적인 총알", "사려 깊은 미사일" 따위는 없음을 아이들의 죽음이 강력히 지시하고 있지만, 도무

지 서로 소통하려 들지 않는 "신들의 전쟁"(「신들의 전쟁」)에서 결국 아이들만 죽어 나갈 뿐이다.

또 전쟁이다
이 겁도 없는 무모를 수락한다
이 대책 없는 대책을 응원한다

가령 지구의 역사를 24시간이라 할 때
우리는 23시 58분 43초
그러니까 자정의 1분 17초 전쯤 겨우 출현했다는데

가장 고등한 척하는 저등 말종으로서
가는 곳마다 파괴와 멸종을 두려워하지 않았으니

늘 짐승과 거리를 두겠다고 했으나
이런 짐승 같은, 이런 짐승만도 못한
욕설을 퍼부으며 서로 총을 쏘고 미사일을 날렸으니

우리가 여기에 도통 미련이 없으니 이럴 거다
우리가 아예 떠날 작정을 했으니 이럴 거다

그러지 않고서야 이런 막무가내가 있을 리 없다

그러지 않고서야 이런 똥배짱을 부릴 리 없다

이제 사람 갖고는 안 된다는 거다

우리가 지구를 떠날 때 지구는 침을 뱉을까 손을 흔들까
우리가 지구를 떠날 수 있기는 할까
우리가 우리이기는 할까

—「우리가 지구를 떠날 때」 전문

"스물에 애인을 놓치듯/ 서른에 꽃을 지나"치고 "마흔에 단풍을 잊듯/ 쉰에도 첫눈올 지나"(「백 년쯤 전에 당신은」)친 강연호 시의 주체는 이제 "아이 나이를 더해도 숫자가 그리 늘지 않아" "잠시 막막해지기도 하는" "휘청거리며 가는 게 사랑"(「늦둥이」)임을 알아 버린 "세상 물정 모르"(「늙은 아이」)는 아버지가 되었다. 아이들을 죽이는 전쟁을 그가 그토록 혐오하고 끊임없이 전쟁을 일으키는 인류를 구제불능이라 여기는 것도 당연한 일이다.

"가장 고등한 척하는 저등 말종으로서/ 가는 곳마다 파괴와 멸종을 두려워하지 않았"고 '나'와 다르다는 이유로 타자를 혐오하고 "욕설을 퍼부으며 서로 총을 쏘고 미사일을 날"리는 모습에 시의 주체는 절망한다. "우리가 여기에 도통 미련이 없으니 이럴 거"라고 "아예 떠날 작정을 했으니 이럴 거"

라고 그는 한탄한다. 기후 위기의 심각성을 알리고, 공생을 모색하지 않으면 공멸밖에 없음을, 지구의 골든타임이 임박했음을 그토록 경고해 왔음에도 "막무가내"인 것을 보며 인류가 지구의 공공의 적이 되었음을 절감한다. "우리가 지구를 떠날 때 지구는 침을 뱉을까 손을 흔들까"라는 선택지가 있던 질문은 점차 회의적이 되어 간다. "우리가 지구를 떠날 수 있기는 할까", 아니 과연 "우리가 우리이기는 할까".

'우리'라는 공동체가 도대체 가능하기는 한 건지 회의를 품으면서도 강연호 시의 주체는 '공동체'의 가능성을 포기하지 못한다. 달리 희망을 걸 데가 없기 때문이다. 우리가 서로 연결되어 있는 취약한 존재임을 인정하는 데서부터 공동체의 가능성은 열릴 것이다. 그것은 경청의 감각을 타자에게로 확장하는 일이기도 하다.

"추위가 꽃을 피"우고 "위협받을 때/ 생은 가장 아름답다"는 것을 "봄에 피는 꽃"을 보며 강연호 시의 주체는 깨닫는다. "이제 봄인가/ 잠깐 나왔다가/ 미처 들어가지 못한/ 꽃눈이 피어/ 꽃이 되는 꽃"이 "봄에 피는 꽃"이라고 한다. "내가 못 살아/ 내가 왜 못 살아/ 미련해서 미련을 못 버리는/ 갈증이 꽃을 피"(「봄꽃의 선후」)우듯 강연호의 시도 혼자의 시간을 지나 제각기 다른 소리에 귀 기울이며 아름다운 꽃을 피울 것이다.